海菜花开

洱海边的重托与守望

朱大建 著

上海交通大学出版社
SHANGHAI JIAO TONG UNIVERSITY PRESS

内容提要

　　洱海是高原湖泊的代表，也是大理人民的"母亲湖"。20世纪90年代，洱海暴发蓝藻，水质下降，危及流域生态环境。本书讲述了水生态环境学者孔海南奔赴洱海湖畔，在各级政府的支持下，带领团队坚守一线十几载，与当地各族人民密切配合，让曾经不堪重负的洱海逐渐恢复清澈的故事。这一故事被《人民日报》等国内主流媒体称为新时代的"老人与海"。以孔海南为代表的科技工作者们倾尽所学，在生态文明建设、精准扶贫、乡村振兴等方面积极作为，不负重托，将论文写在了祖国大地上。洱海治理历经十几年的考验，形成了可供借鉴的"洱海经验"，并走出云南、走出中国，正在走向世界。

图书在版编目（CIP）数据

　　海菜花开：洱海边的重托与守望 / 朱大建著 . ――
上海：上海交通大学出版社，2023.6（2023.6 重印）
　　ISBN 978-7-313-28631-4

　　Ⅰ . ①海... Ⅱ . ①朱... Ⅲ . ①纪实文学 – 中国 – 当代
Ⅳ . ① I25

　　中国国家版本馆 CIP 数据核字 (2023) 第 078964 号

海菜花开――洱海边的重托与守望
HAICAIHUA KAI――ER HAI BIAN DE ZHONGTUO YU SHOUWANG

著　　　者：	朱大建		
出版发行：	上海交通大学出版社	地　　址：	上海市番禺路 951 号
邮政编码：	200030	电　　话：	021-64071208
印　　制：	上海颛辉印刷厂有限公司	经　　销：	全国新华书店
开　　本：	890mm×1240mm　1/32	印　　张：	8.625
字　　数：	144 千字		
版　　次：	2023 年 6 月第 1 版	印　　次：	2023 年 6 月第 3 次印刷
书　　号：	ISBN 978-7-313-28631-4	音像书号：	ISBN 978-7-88941-579-8
定　　价：	58.00 元		

一定要把洱海保护好，让"苍山不墨千秋画，
洱海无弦万古琴"的自然美景永驻人间。

——2015 年 1 月 20 日，习近平总书记在云南大理白族自治州考察时的讲话

序

党的十八大以来，以习近平同志为核心的党中央站在全局和战略的高度，对生态文明建设提出一系列新思想、新战略、新要求，以前所未有的力度推进生态文明建设。习近平总书记指出："确保到 2035 年，生态环境质量实现根本好转，美丽中国目标基本实现。"人与自然和谐共生是美丽中国的应有之义，是社会主义现代化的重要特征，新发展理念、生态文明和建设美丽中国等内容已正式写入宪法。湖泊水体的保护与治理是我国生态文明建设的重要工作之一，而高原湖泊由于水体恢复能力较弱，其污染防治一直是湖泊生态保护中的重点难点问题。洱海是云南第二大高原淡水湖，是大理各族人民的"母亲湖"，也是大理"风花雪月"四景之一，其污染治理经历了漫长的过程。以上海交通大学孔海南教授为代表的一批学者专家，为洱海等湖泊的生态环境保护治理投入大量心血，见证了我国生态治理理念的变迁，守护了洱海的水清月明。

洱海的保护治理是一项系统工程，需要多方协同配合。上海交大对口帮扶洱源县，持续帮助滇西地区产业、教育、生态和医疗卫生事业发展，在环境治理、污染防治等学科领域提供智力支持，帮助当地引进低污染、高产值的经济作物，指导科学培育种植海菜花，带动当地绿色产业发展。这一协同的过程也是生态发展观念逐渐靠拢、趋向和谐的过程。随着洱海治理被纳入大理经济社会发展全局和产业绿色转型规划，洱海保护实现了从"一湖之治"向"全域之治""生态之治"的转变。当绿水青山重现，金山银山也就有了可持续发展的基础和条件。

人不负青山，青山定不负人。孔海南团队驻守在洱海边十数载，把论文写在了美丽的云滇大地上。在他们的守护下，洱海的治理保护从简单地"围捕"蓝藻，到进入国家重大专项，再到成立省校合作的研究院、成立生态系统国家野外科学观测研究站，一步一个脚印，打造了中国乃至世界水生态环境治理的湖泊生态范本。孔海南团队是许多科研团队的缩影。他们不忘初心、坚守一线，一代代交棒接力，扛起当代科学工作者的使命担当。洱海的保护治理非一人之事，需要有更多的科学家、科研人员、各族人民等的加入；非一域之治，需要全国各级政府、各个单位通力合作；非一日之功，还有很长的路要走。

期待通过《海菜花开——洱海边的重托与守望》这本书，能让更多人认识、关注、投身国家生态文明建设，牢固树立生态文明理念，让我们的天更蓝、云更白、山更绿、水更清。

是以为序。

上海交通大学党委书记

2023 年 5 月 16 日

目　录

《海菜花开引蜂来》（张孝雷 摄）

引子·海菜花

海菜花，这种古老而神奇的沉水植物，水清花盛，水污花败，被誉为"水质试金石"，是曾被列入名录的濒危保护植物。为了好看又好吃的海菜花，一位头发花白的教授来到洱海边……

又是一年初夏，人们为了一种特别的风景赶到了洱海边——"海菜花终于开了"。

看吧，高原的阳光，照射在天蓝色的洱海湖面上。一大片水域里，千朵万朵海菜花，热烈绽放着。海菜花是"飘"在湖面上的：它细长的根茎从湖底的淤泥里伸出，像放风筝一样，牵引着花朵在湖面上随波荡漾，花瓣洁白，花蕊鹅黄，似碎玉片片，似繁星点点，如白色蝴蝶凌波振翅欲飞，美到极致，靓丽动人。碧绿的海带般长长的海菜花叶，沉浸在水面下，舒展开身姿，接受阳光的照耀。

这种生长在中国云南西部高原湖泊的沉水植物，是洱海中最古老的生物之一，好看又好吃。清代嘉庆年间状元、植物学家吴其濬在他撰写的《植物名实图考》中记载："海菜生云南水中。长茎长叶，叶似车前叶而大，皆藏水内。抽葶作长苞，十数花同一苞。花开则出于水面，根据地表水环境质量标准（GB3838-2002），地表水按照功能高低依次划分为五类：

Ⅰ类 主要适用于源头水和国家自然保护区；

Ⅱ类 主要适用于集中式生活饮用水地表水源地一级保护区、珍稀水生生物栖息地、鱼虾类产卵场、仔稚幼鱼的索饵场等；

Ⅲ类 主要适用于集中式生活饮用水地表水源地二级保护区、鱼虾类越冬场、洄游通道、水产养殖区等渔业水域及游泳区；

Ⅳ类 主要适用于一般工业用水区及人体非直接接触的娱乐用水区；

Ⅴ类 主要适用于农业用水区及一般景观要求水域。

▶ "黄蕊素萼"的海菜花

三瓣，色白；瓣中凹，视之如六，大如杯，多皱而薄；黄蕊素萼，照耀涟漪，花罢结尖角数角，弯翘如龙爪，故又名龙爪菜。水濒人摘其茎，煠食之。"

海菜花近年来在社交网络上走红。许多游客慕名来游洱海，拍完照还要去附近的饭店里点一道"水性杨花"。它的花苞和嫩茎可以清炒，也可以加入芋头煮汤，看着颜色碧绿，闻着一股清香，口感鲜嫩爽滑，让食客大快朵颐。

让人意外的是，这么受欢迎的海菜花，曾经被列入 1984 年国务院环境保护委员会发布的《中国珍稀濒危保护植物名录》。

海菜花只能在Ⅲ类水质以上的水中生存，水清则花盛，水污则花败。海菜花这种沉水植物，是水质的"试金石"与"风向标"，又被称为"水质指示生物"。如果湖水不清澈，阳光无法穿透水体照到水底，海菜花就无法进行光合作用，无法获取营养，只能凋零而亡。清水，是海菜花的必需的生存条件。

二十多年前，洱海的污染差点让海菜花湮灭在湖面之下。1996年，洱海首次大面积暴发蓝藻。厚厚的藻华覆盖了湖面，随后几次大面积藻华暴发让洱海不堪重负，湖水透明度肉眼可见地下降，局部还散发出难闻的气味。洱海有着几百万年的历史，可是不过短短几年的污染，就让这个古老又美丽的湖泊面目全非。在长久遭受污染的湖水中，不只是海菜花，几乎所有的沉水植物都无法生存下去。

海菜花能够再次盛开，一定要提到一个人。

"那个'白头发'又来了。"村民口中的"白头发"叫孔海南，是上海交通大学环境科学与工程学院讲席教授、国家水体污染控制与治理科技重大专项（简称"水专项"）洱海项目首席科学家。他神情和善，深邃目光中闪烁着智慧的光。初与洱海结缘时，孔海南还是一头黑发，如今雪白的头发已经成了他的标志。几十年的野外生涯使得这位年逾古稀的老教授皮肤呈古铜色。

▲ 孔海南在考察洱海水域

在高原的阳光下，孔海南静静地注视着洱海湖面。

湖泊，是他投入大半辈子心血的研究对象，而洱海是其中最特别的一个。他与洱海的不解之缘，在他留学日本的求知征途中萌芽，在他毅然归国后逐渐成熟。从壮年精英到白发老人，孔海南推动并见证洱海治理进入国家重大科技专项。他还带领了一支坚守洱海的科研队伍，从只摆了一张桌子的办公室到省校合作的研究院大楼，在洱海边扎下了根，与大理白族干部群众一起，十几年不懈治理洱海水环境污染。

在他们和当地干部群众的共同努力下，洱海水变清澈了，海菜花一大片一大片地盛开在洱海各个湖湾中。这漫长的治水之路，有太多的故事可以讲述……

花开海上

《保护洱海》（谢文林 摄）

第一章・『江湖』告急

江河与湖泊，储存着滋养生命不可或缺的淡水资源。20 世纪90 年代，中国多个湖泊相继暴发蓝藻藻华。就连一直清澈美丽的洱海也被污染了，海菜花等沉水植物难以生存。在日本求学、工作的孔海南密切关注着祖国的湖泊，看在眼里，急在心里。

初识洱海

孔海南初识洱海，不是在中国，而是在日本。

1987年9月，孔海南受中国政府公派，到日本访问交流。他的导师须藤隆一，是日本国立环境研究所（1990年7月之前名为"日本国立公害研究所"）水环境部部长。须藤长得中等个头，面相和善，笑起来眼睛会眯成一条线，头发呈"地方保护中央"状态。

在日本做访问学者的最初两年里，孔海南感到，自己的环保视野开阔了。去日本之前，孔海南从武汉同济医科大学（现华中科技大学同济医学院）环境医学专业毕业后，在武汉环境科学研究所综合技术研究室工作。在这个80至90人规模的研究所里，门卫、司机、办公室等后勤人员占了一半以上。而在日本国立环境研究所，200多人中科研一线人员占95%，所有的后勤辅助工作全部是外包的。

在日本一段时间后，有一天须藤先生问孔海南："你看看我们研究所有什么缺点？"孔海南心直口快地回答："我觉得实验设备利用率太低了，很多大型的机器设备一直闲置着，没有人用。"须藤先生说："我不同意你的观点，机器贵，我的研究人员更贵，最贵的是人，我不允许人等机器，一定要机器等人。"

让孔海南感触更深的是，当时日本的湖泊河流治理已具有全球化视野。日本国立环境研究所搜集全球各种

▶ 1987 年，刚到筑波科学城的孔海南

▶ 1995 年，孔海南（左一）与须藤隆一（左二）及中国留学生合影

湖泊河流的信息。孔海南到日本后，中国环境科学研究院水环境研究所与日本国立环境研究所水环境部签订了"中日大型湖泊比较研究"国际合作研究协议。孔海南接到了这样的课题：将洱海作为中国湖泊的代表，与日本的洞爷湖等湖泊进行防治污染比较研究。当时的他或许没有想到，这是他往后十几年"洱海情结"的开端。

苍山与洱海已有相当悠久的历史。在遥远的造山运动中，苍山隆起，洱海诞生了。这个狭长的湖泊北起洱源县，南到大理市，南北长约 42 公里，东西最大宽度约 9 公里，湖面面积约 252 平方公里，平均水深约 10.8 米，最深处约 21.3 米，流域面积约 2 565 平方公里，属于澜沧江—湄公河水系。位于下关的西洱河，是洱海唯一的出湖河流。洱海水从西洱河流出，汇入澜沧江，注入太平洋。

◀ 20 世纪 90 年代，日本国立环境研究所拥有当时世界最先进的湿地生态模拟装置

▲ 苍山洱海（孔海南 摄）

◀ 洱海流域图

　　苍山夏季的降水和冬季的积雪为洱海提供了水源，哺育着世世代代生活在这里的白族人民。苍山十八溪是洱海西部的水源；罗时江、永安江、弥苴河这三条河流从北面汇入洱海，占据流入洱海水资源的70%以上；波罗江是洱海南部主要入湖河流，约占入湖水资源的6.8%；洱海东部有海潮河、凤尾箐、玉龙河等小溪流汇入。

　　117条溪流汇入，27条主要河流，约27.1亿立方米的湖容量——洱海的一个个数据，孔海南耳熟能详。

　　日本的洞爷湖与洱海一样都位于著名的旅游景区。洞爷湖是一个年轻的火山湖泊，只有约100年历史。火山口还在冒烟，湖边没有人住。湖泊面积约70平方公里，

深度约 40 米，最深处约 100 米。考虑到
洱海流域还有几十万的居住人口，洱海
防治污染的任务更为艰巨，洱海保持清
澈更为难得。

　　日本琵琶湖的污染与治理过程，对洱
海是一种警示。洱海的外形像一只耳朵，
而琵琶湖外形则像一把琵琶。这个面积是
洱海两倍多的湖泊，湖水被用于农业灌溉、
养鱼、发电，一度出现严重的富营养化。
经过长时间的生态环境技术工程治理，琵
琶湖的藻华已被控制在很小的范围，水质
得以提升，它也成为京都人的饮用水源地。
联合国环境署支持设立的国际湖泊环境委
员会就在日本琵琶湖边。

富营养化指的是湖泊、河
流、水库等水体中氮、磷
等营养物质含量过高所引
起的水质污染现象。由于
水体中氮、磷等营养物质
的富集，藻类及其他浮游
生物迅速繁殖，使水体溶
解氧含量下降，造成藻类、
浮游生物、植物、水生物
和鱼类衰亡甚至绝迹的污
染现象。

同为饮用水源的洱海，自古以来，一直保持着洁净的水质，哺育了一代又一代的大理人民。作为中国学者，孔海南为洱海的清澈而自豪。

1990 年 9 月，第四届世界湖泊大会在中国杭州召开。会上，"中日大型湖泊比较研究"国际合作研究进行成果交流。孔海南与中国环境科学研究院水环境研究所专家对大理洱海进行专题交流，系统地研究了洱海的资料。

1995 年 10 月，第六届世界湖泊大会在日本茨城县召开，孔海南与中国环境科学研究院水环境研究所、大理州城乡建设环境保护局的专家就洱海再次进行系统交流。

随着研究一步步深入，孔海南开始担心起来：洱海所承受的环境压力或许比想象中更大，污染的威胁近在咫尺。

▶ 1995 年，孔海南在第六届世界湖泊大会上首次宣读洱海与洞爷湖的比较研究论文

洱海首次暴发蓝藻

果然，孔海南担心的事情发生了。

1996 年 9 月，孔海南收到时任大理州城乡建设环境保护局局长尚榆民的来信。尚局长在信中求助，洱海暴发大面积蓝藻，这是以前从来没发生过的事情。

孔海南接到求助信后，心急如焚。洱海这么美丽的湖泊，他一直引以为豪的清澈湖泊，怎么也会发生藻华呢？他急忙办好签证手续，以国际湖泊环境委员会专家的身份，从日本筑波赶去洱海。

可是，等孔海南赶到时，洱海的藻华已经退去，只在湖岸边、岛礁边留下一些痕迹。

洱海是Ⅱ类水质，按理说，不会暴发藻华的。但是千真万确，很多湖湾从天蓝色变成淡黄色，再变成烧香灰的颜色。老百姓叫它"香灰水"。站在湖边，闻得到一股六六六粉的味道。打上来的鱼、厨房水龙头出来的自来水，都有一股难闻的味道。Ⅱ类水突然变成劣Ⅴ类水！这引起了老百姓很大的恐慌。

藻华的味道，孔海南一点也不陌生。他还记得，被污染的滇池湖面上，漂浮着一层藻华，散发着浓烈的腥臭味。对于环保人来说，那简直是噩梦一样的场景。

藻华，是孔海南在湖泊治理中经常交锋的对手，它

▶ 20 世纪 80 年代初，尚榆
民（左三）和他的同事在
调研水域的途中

是由"水体富营养化"造成的。在相对平衡的湖泊水生态环境中，藻类处于正常生态链的一环，本不具有危害性。但当湖泊的水生态环境平衡被人类活动破坏之后，水体中氮、磷等营养物质含量过多，藻类就容易过度繁殖，以浮游植物、藻类、有机碎屑为食物的原生动物、浮游动物也迅速繁殖，于是水体透明度越来越低，阳光照不进深水，造成像海菜花这样的沉水植物难以进行光合作用，进而死亡、腐烂，沉入湖底变成淤泥。受高温天气与强烈光照刺激，蓝藻就突然暴发了。这就是水体富营养化及其危害的表现之一。

洱海是高原湖泊，与平原湖泊相比更经不起藻华污染。高原湖泊的湖盆封闭，水体交换性比平原湖泊弱，污染防治难度更加大。一滴水流入洱海，理论上要六到七年之后才会从洱海流出，进入澜沧江。与滇池一山之隔的深水湖泊抚仙湖，一滴水流进去，大概一百年后才流出来。而且，云贵高原气候温暖，光照强度大，入湖的氮、磷等营养物质更容易导致藻华暴发。

部分藻细胞有气囊，早上太阳出来，气囊充气浮上湖面，湖面上漂着一层密密的藻华，晚上活着的藻细胞重新沉入水中。

由于水生态环境的复杂变化，藻华的发生没有明显规律的特征。尚榆民说："奇怪的是，到了10月26日，藻华突然没有了，全部消失，沉到水底了。洱海的一湖灰浆水又变成天蓝色清澈好水，从老百姓到州委书记、州长，都欢天喜地，开心得像是在过节。往常，每个人天天吃着干净的水，以为水应该就是干净的嘛。可是，水源一旦被污染了，味道难闻了，才知道干净的水是大自然送给人类的珍贵礼物，要珍惜，要珍惜！"

思索片刻后，孔海南说："我去洱海

上看看吧。"

孔海南借了一艘船驶向洱海中央，想看看这里的沉水植物。孔海南曾在日本北海道的阿寒湖看过沉水植物，但由于当地的环保要求极为严格，只能在岸上用望远镜观测湖面。这一次，他得以近距离观察洱海湖底的"森林"。

船来到了洱海的湖心。孔海南往湖底望去，看见了令他一生难忘的场景。

湖水真清澈啊！水面之下生长着绵延十几平方公里的植物群落。这些由沉水植物组成的水下森林，叶子漂浮在水面之下，根扎在十多米深的水底。从清晰到模糊，再到看不见，有一种神秘感。这里的沉水植物密度很高，一部分在阳光的照射中舒展开来，随着水流摇摆飘荡，另一部分互相掩映着，时不时吐出一串串气泡——那是沉水植物在呼吸。在阳光照耀下，沉水植物吸进二氧化碳，吐出新鲜氧气，让水面出现一个个泡泡。

与这"湖底森林"相对的，是碧蓝如洗的天色。这水天一色的场景让孔海南一时有些恍惚，分不清他是在水面之上，还是水面之下，是庄周梦蝶，还是蝶梦庄周。他甚至感觉自己正在变成一株沉水植物，吐着水泡，像一名守卫洱海的战士。

孔海南看到了洱海的沉水植物群落，然而，最美丽娇艳的沉水植物海菜花，却一株也没有看到。洱海的蓝

◀ 1996 年，孔海南第一次
到洱海现场考察

◀ 1996 年，孔海南在洱海
考察时拍摄的照片

藻目前是轻度暴发的状态，处于富营养化的早期阶段，或者说是中营养化向富营养化的过渡阶段。

　　在研究洱海的过程中，孔海南知道在尚未暴发蓝藻之前，洱海的景色更为美丽迷人：洱海中心的深水里，湖底密密生长着绿色的沉水植物；洱海岸边的浅水里，长满了白色的海菜花。在 20 世纪 70 年代，洱海的沉水植物群落面积不是他所看到的十几平方公里，而是一百余平方公里，数量之多，为国内湖泊所罕见。

　　湖心，是沉水植物最密集的区域。沉水植物是鱼儿孔海南：大型或超大型湖泊 10% 的面积暴发蓝藻是轻度暴发，20% 的面积暴发蓝藻是中度暴发，40% 的面积暴发蓝藻是重度暴发。

根据在水中生活的不同方式，可将水生植物分为四类：挺水植物的根附在水底，茎与叶都伸出水面；浮叶植物的根附着在水底，叶片浮在水面上；漂浮植物的植株浮在水面上；沉水植物的全部或大部分植株都在水中。

最喜欢的育儿巢穴，又是鱼、虾、贝喜欢的食物。沉水植物还能净化水质，维护着湖泊水域的生态平衡。除了沉水植物，洱海里还有浮叶植物、挺水植物、漂浮植物，组成洱海水生植物群落的良好生态。以前，苍山脚下的洱海西岸，有着绵长、洁白的沙滩带。游人漫步在此，恍若在大海边。这样极致美丽的景色，将来能重现吗？

直到天黑，孔海南才恋恋不舍从船

▶ 洱海的沉水植物
（赵建诚 摄）

上下来。

　　尚榆民告诉孔海南，这一轮蓝藻暴发的人为原因应该是网箱养鱼。投饵式网箱养鱼对水域环境的污染很严重，根据测算，养殖 1 吨鱼，带来的污染相当于大约 20 只肥猪的粪便流进水里。有些渔民还用钉耙去捞取沉水植物，投进网箱喂鱼，一搅动湖底淤泥，就使沉积在泥中的氮、磷等营养物质释放出来，给蓝藻暴发提供了机会。扔进湖里的沉水植物只有一小部分被鱼吃掉，大部分烂在水里，沉入水底，这更是雪上加霜。机动渔船还会带来"跑、冒、滴、漏"的柴油污染。大理州委州政府十分重视这次藻华发生的情况，研究后，决定将洱海中一万余个养鱼网箱全部清除，并拆除渔船柴油发动机两千余个，以缓解洱海的环境污染压力。

　　孔海南认同尚榆民的推测。蓝藻暴发时，密布的藻华就像浓稠的浆糊遮在水面上，阻碍光能和空气进入水体。水面之下，腐烂的沉水植物分解时，也在消耗水中的溶解氧。这样，湖底会严重缺氧，危及在湖底生存的底栖动物。

　　1996 年洱海暴发螺旋鱼腥藻，造成生活在洱海湖底的底栖动物河蚌、螺蛳，因缺氧而大规模死亡。洱海的生物中仅螺蛳属就有 6 个种类被相关机构评为濒危物种。

　　孔海南说："研究湖泊生态环境到现在，我知道，藻华暴发就像地震一样，无法预报，只能观测。一般来说，蓝藻是先从小小的湖湾里开始聚集，从小湖湾聚集到大面积暴发，有一个时间差。在显微镜下可以看到，一个小小的烧杯里，蓝藻分为衰老态、正常态、新生态。如果新生态占主要比例，那就是要暴发的前兆；如果优势种比如螺旋鱼腥藻的比例大幅增加，那也是暴发的前兆。"

洱海是流域内几十万人的饮用水源，藻华的暴发实在令人担心。作为一个水生态环境学者，孔海南为了许多湖泊四处奔忙。在洱海上看到"水下森林"美景的那一刻，他只想倾其所学，守护美丽的洱海。

然而，洱海的情况并非孤例。

太湖、滇池、巢湖告急

水生态环境安全关系到中华民族的永续发展。中国是一个淡水资源严重短缺的国家。6 500 万年前，印度板块与亚欧板块撞击，产生了喜马拉雅山和喀喇昆仑山等山系，同时也形成了中国大陆西高东低三级阶梯的自然地貌和独特的气候条件。

1935 年，中国地理学家胡焕庸在中国地图上从黑龙江瑷珲（现为黑河）到云南腾冲，沿着年降水量 400 毫米划了一条线，称为"胡焕庸线"。线的西北方是年降水量不足 400 毫米、太平洋季风吹不到的草原、荒漠、雪域高原区；线的东南方是降水量在 400 毫米以上、受益于太平洋季风的农耕区，以 43.8% 的国土养育着 94.1% 的人口。如果养育着稠密人口的淡水湖泊长期处于富营养化状态，将会造成生态灾害，甚至威胁到人们的日常生活，影响社会经济发展大局。

20 世纪 90 年代，凡是国内的湖泊暴发蓝藻，孔海南一般都会收到邀请，以日本国立环境研究所专家的身份到现场调查。他看到，多个淡水湖泊富营养化状况不容乐观，太湖、滇池、巢湖已进入中、重度富营养化阶段，甚至频繁出现 40% 以上面积发生藻华的重度暴发情况。

可以说，国内的湖泊水生态环境已经是"江湖告急"的状态了。

1990 年 8 月，太湖蓝藻暴发。湖面原本绿色的水出现了灰色、白色的泡沫，呈现像泥一样的浆糊状。这些是蓝藻的尸体群。蓝藻大暴发一周后，接着就是蓝藻死亡，之后尸体群会厌氧发酵，藻华厚度有数厘米。正当盛夏时节，无锡市的自来水厂停工，因为这些死亡的蓝藻和沉水植物尸体，把自来水厂的进口堵死了，导致自来水厂停水半个月。在这半个月里，无锡市民没有自来水喝，只能买桶装水喝，附近的工厂也因为没有生产用水而停产。

1996年太湖蓝藻再次暴发时，孔海南到现场调查，发现200至300平方公里的湖面上，密布着藻华。藻华厚达4毫米，隔断了水与空气的交换，导致水里严重缺氧。阳光照不进深水，太湖里的部分沉水植物因此死亡。

一般来说，藻华起初会在下风向的湖岸上形成堆积带，再逐渐堆积至湖心。孔海南下船后，手指和鞋底都沾上了一层厚厚的蓝藻。他将这些蓝藻样本带回日本国立环境研究所，在电子显微镜及结构解析仪器下检测分析。看到结果后，孔海南自己也吓了一跳，太湖的蓝藻是铜绿微囊藻。蓝藻异常暴发后，藻细胞发生了分解及外溢作用，分泌出一种叫作藻毒素的代谢产物。铜绿微囊

▲ 1996年，孔海南在太湖流域进行藻华发生现场调查。在强风作用下，湖面上的藻华呈风纹状。

藻所形成的藻毒素有三种亚型；在自然界自然形成的毒素里排第二位，仅次于二噁英，毒性作用是纯砒霜的数百倍——只要手指头这么大一丁点藻毒素，就能因急性毒性毒死一百人。人类环保史上曾有这样的案例：英国的一个湖泊暴发蓝藻后，周围牧场的多头奶牛喝了湖里的水，竟然急性中毒死了。

1998年10月，孔海南还去了云南的滇池。他爬到滇池旁边的西山上，从山上往下拍照片。孔海南从照相机镜头里看到，滇池的湖心全是一层蓝藻，绵延了数十平方公里。经过调查，孔海南发现：进入滇池的主要河道，还有众多的小溪，将乡镇的生活污水、生活垃圾、菜田和农田的农业污水带入滇池。而且，由于围湖造田，湖面缩小了20多平方公里。这种缺乏环保意识又没有节制的破坏行为，使滇池的自净能力变得极弱，几乎全湖都成了V类或劣V类臭水。在如此大的环境压力下，湖心的沉水植物几乎全死了。

滇池的水是流进长江的。滇池里的甲藻种子，在长江里漂啊漂，漂进长江三峡水库里，沉淀下来。水库的水是静止的，等到夏天，水温升高，水库里甲藻就突然暴发了。甲藻是黄颜色的，生命周期是3天。甲藻暴发后，清澈的水变成暗黄色的水，令人心惊。

同期，安徽的巢湖也传来藻华暴发的消息。孔海南

▶ 1998 年, 孔海南拍摄的
滇池藻华发生现场照片

在现场看到, 巢湖从湖岸到湖心都是堆积的蓝藻, 厚度达 2 厘米。湖中除了蓝藻以外, 还有大量腐烂发臭的死鱼。蓝藻像一张厚厚的毯子, 不仅隔断了湖面上下的气体交换, 遮住了阳光, 还把水中的溶解氧消耗殆尽, 威胁鱼类及沉水植物的生存。

这就是 20 世纪 90 年代太湖、滇池、巢湖的状况, 几乎全部处于令人震惊的重度富营养化状态。

经过大量广泛调查和踏勘后, 孔海南认为: 中国城区附近绝大部分大中型湖泊, 均已具有富营养化发生的状态、条件，或者是已经处于富营养化状态。可以说，当时的中国是世界上湖泊富营养化程度最严重的国家之一。

在看到湖水变脏变臭的同时，孔海南也看到，城区湖边一栋栋漂亮的别墅建了起来。孔海南觉得，20世纪80—90年代的中国，经济发展速度足够快，生活改善速度也足够快，但湖泊生态的巨大压力也随之而来。尽管当时已有大量人力、物力投入污染治理，但是成效并不明显。

那时的人们缺乏保护环境的意识，社会也缺乏保护环境的知识与技术，这就出现了一个违和的现象：装修得富丽堂皇的别墅旁边是被污染的湖水。

可是，水质清洁与否与人民的生命健康直接相关。比如滇池、洱海、抚仙湖等云南湖泊，它们处于中国西南的云贵高原，位于长江、澜沧江、怒江、珠江的上游，是几条大江上游的生态屏障，也是几亿民众的饮用水源源头。

其中，洱海是城区湖泊，每年有5 000万吨水被引流到大理东面严重缺水的宾川县。宾川属长江流域，一部分被污染的洱海水，也流进了长江。也就是说，湖泊污染的影响范围可能比湖泊的流域更大。想到这些，孔海南心情十分沉重。

有时，面对着湖水，孔海南会想起他人生的过往时光，想起恩师蔡宏道为了国家需要，两次转变自己的研究方向。他一直没有忘记，守护清澈的水源特别是饮用水水源，是他的心之所向。

"治水"之路的开端

"可能因为我名字里带个'海'字，所以大半辈子都和水打交道。"孔海南经常这样开玩笑说。

孔海南的祖籍是山东烟台牟平县。1950年，孔海南出生在海南战役的随军家属队里。他的父亲当时是人民解放军第四野战军后勤辎重部队的连级干部。为纪念海南岛解放，父亲给他取了这个名字。当时，部队随军家属队的新生婴儿，到一个地方安顿之后一起报户口。这批孩子的生日，都是同一个日子。这也算是当年革命队伍中的一件趣事。

孔海南是1966届初中生，毕业后到湖北应城插队当知青。两年后，孔海南被调到原解放军总后勤部下属的江零五四工厂（军用被服工厂）。在这个全自动的被服生产线上，孔海南做了七年的机修钳工。其间，他与一位在武汉体育场做乒乓球教练、同是南下干部家庭出身的姑娘王群一相爱了，婚后组成了一个幸福的小家庭。

孔海南对机械的兴趣部分源于父亲孔庆贵的影响。孔庆贵年轻时考上日本秋田矿山机械学校（日本秋田大学的前身），读了一年半后考进哈尔滨工业大学机械系，抗战胜利后又进入长春大学读书。1947 年，孔庆贵加入解放军，在部队里管理运输军械的车辆。

父母辈对待集体和工作的情感与热忱，让年幼的孔海南印象深刻。他的母亲宫润兰作为随军家属，跟随部队从东北一路走到广东。解放军一路吸收国民党成建制起义部队。1954 年，部队要转业到地方，转为生产部门。部队领导对宫润兰说："给你一个任务，去做这部分部队家属的工作。"宫润兰就一家一家地跑，去和这些起义部队的团长夫人、营长夫人们聊天，谈家常，交朋友。这件事难度很大，有的部队还闹出一些事情。这位共产党的妇女干部坚持做通了习惯拿部队津贴生活的官太太们的思想工作，帮助国民党的起义部队成建制地转业为生产单位。为此，宫润兰被评为 1956 年湖北省第一届工农业劳动模范代表，到北京参加全国先进生产者代表会议，受到毛主席等中央领导接见并合影留念。

孔海南还记得，1959 年、1960 年左右，因为遭受自然灾害，粮食紧缺。父亲带回单位发的两小包粉末，倒在脸盆里，再打上半盆自来水，搁在窗台边。过了三天，水被太阳晒成了绿色。父亲从旧蚊帐上剪下一块，当作过滤布，把这盆水滤出了一捧绿色的东西，可以和进面粉里做馒头吃。后来，孔海南才知道那两包粉末是什么：

▶ 宫润兰获得的劳动奖章

一包是铵盐，一包是磷矿，放进水里，在阳光下一晒，就产生了藻类。当时，人们只是为了填饱肚子，并不知道有些藻类是有毒的。

原来水中的世界是如此神奇，如此变幻莫测。

1977 年，国家恢复高考的消息传来。孔海南萌生了上大学的想法。听妻子说，她一个小学同学的父亲，是大名鼎鼎的蔡宏道教授。新中国成立后，蔡宏道将研究方向由原本的病原检验学转为公共卫生领域，在中国环境科学学科刚刚兴起之时，蔡教授为了适应国家的需求，又把自己的主攻方向由公共卫生领域转向环境保护领域。1978 年，蔡教授在武汉医学院（现华中科技大学同济医学院）组建了国内第一个环境医学系，推动创建了中国高校的环境医学学科。

孔海南到蔡宏道教授家中拜访。蔡教授对他说："欢迎你来考我们学校的新学科！"

于是，孔海南找来高中课本，每天下班后埋头自学苦读，最终如愿以偿成为蔡宏道的学生。

在 1966 年、1967 年、1968 年毕业的中学生，被称为"老三届"学生。孔海南是其中之一，在"十年动乱"中耽误了学业。他初中时修读的外语是俄语，恢复高考入学后，看不懂英文资料。蔡宏道专门办了环境医学专业英语班，在授课中特别关照"老三届"的大龄学生，要他们勇敢张口说英语。每次上课，"老三届"学生都坐在教室后排。蔡宏道就专门点名，让他们开口说英语。对说得不好的学生，蔡老师一一示范发音，予以纠正。英语的疑问句是升调，孔海南觉得别扭，一张口就让年轻同学发出一片笑声。蔡老师便会很凶地训斥："不许笑！"

新建一个专业非常不容易。当时的环境医学系，包括蔡宏道在内只有 4 位专业骨干老师。蔡老师既要编本土教材，又要翻译外国教材，还要为学生授课、指导，如孺子牛一样埋头耕耘。

孔海南踏上治水之路，便是在蔡老师的指导下开始的。当时，蔡老师带领全系师生承担了一个国家级科研课题。在那时的中国，农药的泛滥使用产生了极大的危害。比如农田里经常播撒的农药"六六六粉"，是一种以六氯环己烷为主要成分的广谱杀虫剂，使用后基本不降解，于是富集进入蔬菜、大米，对人体造成危害。针对此类问题，蔡老师指导大家开展大规模调查与研究。同学们的毕业论文都围绕这个课题展开，孔海南也不例外。他的毕业论文研究了一个被有机磷农药污染的特大型湖泊流域，这是他第一次正式接触湖泊治理技术。

在学习知识的同时，孔海南逐渐了解蔡教授的人生经历。了解得越多，孔海南就越是敬佩他。蔡教授曾在1946年赴美留学，但眼见祖国的贫困落后处境，身在异国的他，一心只想着学成归国。于是，在轰隆隆的解放战争炮火声中，蔡教授毅然从美国回来，扛起建设医学病原检验学科的重任。

沿着蔡教授的足迹，孔海南一步步进行自己的研究，并宣誓加入中国共产党。蔡教授的学问、品格，还有低调踏实的治学态度与科学进取的精神，以及对信仰的忠诚，深深影响着孔海南。

在蔡宏道的建议下，孔海南毕业后进入武汉环境科学研究所从事研究工作。在武汉，他研究有机磷农药及重金属排放进湖泊后，是如何沉积到污泥里的；鸭子吃了污泥中的蚯蚓，再被人吃，其体内的有机磷农药、重金属化合物有多少通过食物链被人体吸收了。为做好这个课题，孔海南去了湖北省京山县大水库流域。当时，附近一个化工厂的工业废水被排放进河流里，最后流进水库。当时人们误以为，水库中降解生活污水的氧化塘技术，也能降解有毒有害化工废水。然而，这是行不通的。水体中的有机磷和重金属不会降解；用水库中被污染的水灌溉农田后，长出的蔬菜、粮食都含有机磷和重金属。水库里的鱼中了毒，鱼的骨头都是弯的。孔海南还对湖边居民做了相关的检查，检查人体血液有机磷浓度等指标。他看到，周围居民的身体健康也受到了威胁。

这种污染竟然持续了 20 多年。原因在于当时的环境科学理论、知识、观念太落后了。

看到这样的情形，孔海南萌生了一个愿望：像自己的老师蔡教授一样，出国留学，学习先进的环保理论和环境治理工程技术。

一个拼命的中年留学生

1986 年夏，日本国立环境研究所水

> 氧化塘也称稳定塘，其原理是利用藻类和细菌的协同作用分解生活污水中的污染物质，使污水得到净化。

环境部部长须藤隆一到北京做讲座时，收到中国环保总局外事部门递来的一封信函。信中说，有一名叫作孔海南的中国学者考取了出国留学预备名额，希望到日本学习湖泊河流水质治理。须藤先生回信说："如果中国方面愿意负担孔海南的生活费，那么欢迎他来日本做访问学者。他可以与日本人一起工作，在工作中学习。"

当时中国公派出国专业中，没有孔海南从事的环境医学研究专业，但是有环境科学及环境工程专业。孔海南转行选择环境工程。他认为，那时的中国，更需要环境工程专家。经过两个月艰苦紧张的学习，孔海南通过了从未学过的工科用高等数学、流体力学等科目的考试。

于是，孔海南由国务院国外智力引进办公室派遣，先到东北师范大学培训三个月日语。通过国家统一考试后，他在1987年9月赴日本国立环境研究所做访问学者。

飞机从上海虹桥机场起飞，在东京成田机场降落。下了飞机，孔海南乘坐大巴去往位于东京北50公里左右的筑波科学城。大巴车票好贵，一张车票钱等于孔海南在国内任所党支部书记一个月的工资，这让一贯节俭的孔海南有点心疼。须藤先生派他的副手，领着孔海南住进学生住的公寓里。公寓是农民盖的房子。

中国驻日大使馆教育处规定，国家公派学者周一至周五必须在工作岗位上做研究交流，周六、周日是休息时间，可自由支配。孔海南发现，在日本的大学读硕士、博士无年龄限制，于是他开始考虑自费攻读硕士、博士学位的可能性。

孔海南仅仅用了一个月时间自学，就顺利通过了硕士资格考试，排除了不能报考博士学位的障碍。再经过两个月的准备，孔海南通过了专业课考试，获得了研读日本山口大学环境工程学博士的资格。但是，孔海南只有大学文凭，没有初中、高中毕业证。中国经历"十年文革"，像孔海南这样年龄的中国学生都没有初中和高中的毕业证。孔海南只能去当时的日本文部省（相当于中国的教育部）申诉，直到开学一个月后，才获得文部省的批准。

孔海南发现，整个日本只有山口大学有"水环境工学"博士专业。如果不去自费读博士，孔海南住在筑波科学城内的生活很是舒适安逸。一旦自费读博，首先面临的问题是缺钱。

山口大学与孔海南工作所在日本国立环境研究所相距约 1 100 公里，乘坐新干线高铁往返一次的车费需要 3.8 万日元。中国大使馆给孔海南每月的生活费为 8 万日元，仅够往返学校两次的交通费。这个方案行不通。

如果乘坐相当于中国绿皮火车的慢车，还可以享受学生优惠与来回优惠票价，那么，1.2 万日元就能往返一次，一个月往返四次只需要 4.8 万日元。费用够了，但仅一次单程，就要连续倒多次火车，仅乘车花费的时间就要二十几个小时。

除去 4.8 万日元交通费之后，生活费仅剩 3.2 万日元。孔海南只能从舒适的公寓中搬出来，住进当地近乎废弃的破旧公寓，在租金及水电煤气费用上节约 1.5 万日元左右，但要多支付山口大学宿舍租金及水电煤气费用 0.7 万日元。

如此精打细算，孔海南每月只剩 1.2 万日元饭钱及零用钱。算下来，每天可花费的钱相当于 28 元人民币。

于是，从考虑读博士那天起，孔海南就不去研究所食堂吃饭，而是自己做饭。早餐、午餐都是自制的两片面包夹一个煎鸡蛋、几片蔬菜的"三明治"，晚餐做两张煎饼，煮一碗蔬菜汤。他祖籍山东，喜吃面食，只是因营养缺乏，一年下来体重直线下降，从 140 斤跌到 112 斤，人变得很"苗条"了。

孔海南的老师须藤先生将孔海南读博士一事委托给日本国立环境研究所水环境部客座研究员中西弘先生。须藤对中西弘说："孔海南是中国政府派遣的研究员。"这么一说，中西弘误以为孔海南读博是公费。中西弘又委托助手内藤副教授关心孔海南的日常生活。

刚读博时，孔海南申请免交每年 43 万日元学费，这个数目相当于他半年的生活费。由于申请一时未得到批准，他的生活捉襟见肘，非常拮据。到学校后的四个多月时间里，他没有被子、枕头和床单，晚上只能头枕在书籍上，和衣而眠。孔海南穿着厚衣服，戴上厚帽子，头枕书籍，抱紧身躯，侧身而卧，并不感到寒冷，反而觉着闻着书籍的油墨香味入睡还有几分诗意。

四个月后，内藤副教授跑来宿舍看孔海南，一看孔海南的床铺上除了木板什么都没有，吓了一跳，赶紧去商店花费四万日元，为孔海南买了一套被子、枕头、床垫。

◀ 为节省开销，孔海南搬到筑波科学城郊区的老旧公寓

◀ 1988年，孔海南在筑波科学城留影

此时，内藤副教授误以为孔海南乱花钱，责问他："国家给你的钱，你是怎么花的？"孔海南这才说明，自己是自费读博，交了学费，没钱买棉被。中西弘先生知道后，很不好意思，专门请孔海南吃饭表示歉意。但孔海南觉得，有书读，多幸福啊，没有被子盖，谈不上苦，年轻时上山下乡，连饭也吃不饱，那时更艰苦。而这两位日本学者，却一直记着这件事，直到孔海南博士毕业，还在说这件事，为之感动……

孔海南的上学路也是一种考验。近40岁的中年人孔海南，身穿御寒厚衣服，戴御寒厚帽子，身上背着装有自制煎饼干粮、一个3升容量的不锈钢大水壶、教科书及文具的大背包。列车员见一个中年人购买学生票，觉得奇怪，就来查他的学生证。他就将学生证、身份证、中国护照一起取出来，供查验。时间一长，列车员都认识他，不再来查。

每周四的晚上21：30，孔海南骑自行车从筑波城的破旧公寓出发，骑行18公里，在22：10乘上普通火车，经过十多次换乘到达宇部市小山站。下火车后，步行到山口大学要35分钟，全程大约23小时30分钟。晚上到达学校后，第二天就开始上课。

星期天14点，孔海南踏上返程，在星期一早上11点回到筑波科学城，直接进实验室工作。

在读博士的前一年半，孔海南每周往返一次，每周只能睡五个夜晚，两个通宵在火车上，最后半年才降低了频率，每月往返两次。

孔海南乘坐的是慢车，怕坐过站误事，于是上车就打起精神读书。到下半夜，瞌睡实在难忍，他想到一个办法——翻译专业词典。日本《读卖新闻》驻筑波记者

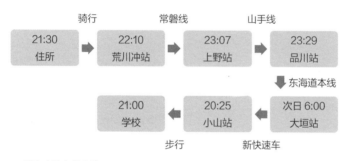

▲ 孔海南的上学路线

◀ 孔海南从车站步行至山口大学所经路途

高野义雄专程采访孔海南，写出报道称："孔先生来日本两年时间里，在每周一次从筑波到宇部山口大学乘普通车的途中，翻译了两本水处理词典，A5 大小的黑色圆珠笔手写稿有 640 页，厚达 5 厘米。""为了攻读博士学位，每月两次，连续倒七车次普通火车，单程二十几个小时从筑波到宇部山口大学，这样拼命的学者现在在日本恐怕已看不到了。"

高野义雄看到了孔海南的拼命，却没有看到孔海南拼命背后的动力源头。孔海南想：每个月国家给他 8 万日元的生活费，相当于他在武汉环境科学研究所月工资的 16 倍，他要做些事情来回报国家。他找到一本日本水处理协会出版的《英德日语水处理专业对照词典》，一边自己学习，一边翻译成中文。这本词典倘若能在中国出版，那么对当时中国国内的环保专业人员也是一种帮助。

同时，孔海南还翻译了日本下水道协会出版的《下水道用语集》。但他当时并没有足够的资金承担出版费用。为此，高野义雄又写了一篇报道，呼吁民间慈善人士资助这两本书中文版的出版。

玉木先生是日本下水道协会理事长，他在哈尔滨出生。玉木理事长看到新闻后，想为中日友好做件好事，于是出面沟通，向孔海南无偿提供了著作权。在授权的

◀ 孔海南与高野义雄的合影

◀《读卖新闻》对慈善人士
向孔海南无偿提供 100 万
日元费用的报道

过程中，需要有一个人来担保此书的出版不以商业利益
为目的。于是孔海南就请出自己的老师须藤隆一作为担
保人。

《下水道用语集》这本书后来由华中师范大学出版

社出版，成了国内废水处理的工具书。

在强烈的学习动力下，孔海南一头扎进了研究中。1993 年，孔海南取得日本国立山口大学博士学位。他的博士论文《应用自我造粒法的高浓度有机污水处理研究》是水生态环境领域的前沿课题。从啤酒厂污水中回收可燃烧能源用于加热，这项技术课题难度大，时间长，日本好多学者做博士论文都不愿意选。指导老师说，这是

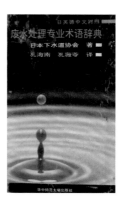

▶《下水道用语集》与《废水处理专业术语辞典》

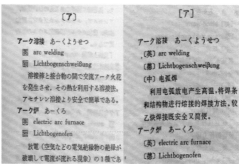

▶《废水处理专业术语辞典》内文与日文版对比

一个世界前沿的先进课题。孔海南一听就来劲了："我就选这个课题。"

在孔海南的实验室里，人工模拟污水自动流进一个反应柱子里，污水往上走。污水中污染物变成可燃气体，在柱子的顶端被收集。这种气体有气味，是一种以甲烷为主的复杂气体，用于汽车动力易引发爆炸，但可以用于燃气加热。污水中的污染物被提取分离后，污水变成干净的水，可以回收再利用。将污染物变成可燃气体，靠的是特种微生物菌。这种微生物菌是丝状的，纠缠在一起后呈颗粒状，并以新鲜污水中的污染物为食。丝状菌如果吃不到食物，会死去，颗粒呈空心化，变成空球，实验就失败了。颗粒太大，会破损，实验也失败了。用数学模型计算颗粒的大小、密度，及其与气流、水流的合适关系，这就是"造粒法"。

博士论文完成后，日本一个大型啤酒公司提供资金和啤酒污水，请孔海南去现场做了一个工程装置，重现他博士论文中出现的场景。在这个装置中，微生物菌吐丝集聚成团，形成一个"蚕茧"。啤酒工业废水是食品工业中常见的废水，经过微生物菌的处理可以变成净水，污染物成为可加热的能源。如果这一工艺成熟，可以带来很大的经济效益与社会效益。

为了完成这个高难度的课题，孔海南在山口大学修读了两年博士课程后，又花了三年半时间完成博士论文，前前后后用去五年半。通过不断的实验积累，他为这项生产工艺提供了理论模型和统计学支持。直至当下，孔海南的博士论文所涉及的仍然是全球环保节能的前沿课题。

在日本学习期间，孔海南最重要的收获之一是学习了保护和治理湖泊的方法。日本对国内第二大湖泊霞浦湖开展国家湖泊研究计划（1996—2005年），孔海南参与了其中前五年的研究工作。日本霞浦湖的湖泊富营养化问题由国家组织重大专项来治理。这个研究计划由须藤隆一领衔，以五年为一期，共计十年，由中央政府主导，做长期的持续的投入。中央政府出资50%，地方政府出资50%，将研究所、政府、企业、大学、银行多方面的机构及人才组合成一个财团企业，形成"产官民学金"的合力，效果很好。

在那段兼顾工作和学习的忙碌时光，孔海南不断吸收国际上尖端的新知识，并转为研究成果。日本人对霞浦湖是怎么治理的？日本人对旅游湖泊怎么治理？中国的湖泊治理到了什么程度？主要污染物是什么？他在研究之外，还去图书馆查资料，写成报告，分别交给日本政府与中国政府，供双方研究使用。

他交给中国政府的工作报告，反映了当时全球湖泊

河流防治污染的技术发展情况与成功经验，是中国环保事业起步阶段亟需的前沿信息和基础知识。

回国前的准备

随着越来越多的湖泊遭到污染，环境保护、湖泊治理开始受到越来越广泛的关注。

1998 年 2 月 28 日，孔海南读到一家中国报刊上的一篇头条新闻，称 2000 年"有望实现太湖水变清"。两年时间，让太湖水变清？孔海南作为湖泊富营养化治理

1996 年，国务院审议通过《国家环境保护"九五"计划和 2010 年远景目标》，提出重点抓好三河（淮河、海河、辽河）、三湖（太湖、滇池、巢湖）、"两控区"（二氧化硫控制区和酸雨控制区）以及北京市的空气污染与渤海的海洋赤潮污染防治工作，简称"33211 工程"。

面源污染指污染物从非特定的地点，在降水或融雪的冲刷下流入水体，引起水体富营养化或其他形式的污染，相对点源污染其污染源更加分散，防治更加困难。

专家，知道这完全不可能。

湖泊一旦被污染，处于富营养化状态，需要几十年时间综合治理，才能恢复到生态良性循环状态。筑波科学城附近的霞浦湖，是与中国滇池、太湖、巢湖类似的大型沉积型湖泊。日本人经过 27 年治理，投资金额折合 1 300 亿元人民币，平均每平方公里花费 5.8 亿元人民币，才使其水质恢复到 Ⅳ 类水。湖泊的富营养化治理需要经过数十年的艰苦努力，这是科学规律、客观规律，不可能一蹴而就。

"这样的报道在一定程度上反映了当时中国的湖泊治理存在认识误区。我能为祖国做些什么？"孔海南不断地思考着。

身在日本的孔海南，其实一直关注着国内的湖泊治理。按照中日两国环保部门达成的协议，孔海南是中日两国的共同研究员。他在日本国立环境研究所当研究员，同时还在中国科学院应用生态研究所担任水生态环境领域客座研究员，在清华大学环境工程系任流域面源污染控制领域客座研究员，在中国环境科学院担任副总工程师，负责湖泊流域富营养化防治工程中心的工作。

以国际专家的身份，孔海南积极地为中国国内湖泊治理引进资金与技术。当时，日本政府规定，将国内生产总值的 0.2% 用于援助发展中国家，其中对中国的环保项目有一定的资助倾斜。孔海南经过两年时间的努力，在须藤隆一的帮助下争取到日本政府环境厅与日本负责对外援助的政府组织"日本国际协力机构"（JICA）的

◀ 孔海南协助引进的中日太湖富营养化治理设备实验基地

◀ 孔海南协助引进的面源污染控制设备检测实验室

约 1.5 亿元人民币无偿援助资金。

其中，约 8 000 万元人民币，用于在无锡太湖边建立起一个湖泊治理设备实验基地；约 7 000 万元人民币，用于在北京中国环境科学研究院建两个国家级实验室：一个是湖泊富营养化模拟实验室，实验室里有模拟发生藻华的实验装置，这个装置约 7 米高，可通过人工模拟太阳和调节进水水质，模拟特定湖泊，并可通过改变光照的强度、时间和温度，再现湖泊藻华产生的生态环境参数变化过程；还有一个是面源污染控制设备检测实验室，可以在这个实验室检测国产环保设备的性能。

这几年里，同时在中日两国担任研究员的孔海南，也频频应邀回国调查踏勘，参与湖泊富营养化的防治工程，协助制定总体技术方案，以及回国讲学、交流技术。在与主持国内湖泊环境治理的教授、专家、环保界人士交流过程中，他也看到了施展自身抱负的前景。1999 年，孔海南又读到国内报纸的一篇新闻《滇池污染又一元凶：面源污染》。湖泊水生态环境学者都知道，湖泊富营养化污染只有一个源头，就是面源污染。这篇新闻提出了"又一元凶"，反映了国内的湖泊水生态环境理论研究存在误区。

"问题在湖里，根源在岸上。"孔海南觉得，回国效力的脚步，要加快些，再加快些。

上关，洱海源头的三条入湖河流：罗时江、弥苴河、永安江（赵渝 摄）

第二章 · 『我想做中国的湖泊治理』

学成归国后，孔海南忙得不可开交：他站上讲台为年轻学子讲授湖泊治理的知识，登上《百家讲坛》向全社会普及环保理念和湖泊污染治理新技术、新观念，还在洱海推广他的专利技术"土壤净化槽"，为国内湖泊治理工作四处奔波。即便经受着重重考验，但传来的每个捷报都让孔海南感到振奋，尤其是——洱海治理终于被列入国家水专项了！

回国走上讲台

孔海南经常回想起，1996—1998 年，他所在的日本国立环境研究所受国际湖泊环境委员会委托，对中国太湖与滇池两个暴发藻华的沉积型湖泊进行调查研究。这是国内第一次对这两个湖泊进行藻毒素含量的现场实测。测量的结果让孔海南愣住了：相比世界卫生组织公布的标准，太湖和滇池样本中的藻毒素含量严重超标。

看到这样的结果，孔海南连着几天彻夜难眠。在跟

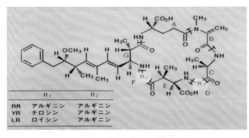

ミクロキスチンの構造

◀ 1998 年，孔海南在太湖梅梁湾取样分析得到的铜绿微囊藻藻毒素的分子结构

随蔡宏道先生学习环境医学专业时，他研究的便是水环境中农药残留和重金属残留等有毒物质与人体健康的关系。他知道，这样的水质对国民身体健康有很大的威胁。而且，人类对藻毒素的摄入不仅仅是通过饮水，水产品如鱼类、贝类也可能因携带藻毒素而危害食用者。日本国立环境研究所的先进国际化平台，不仅让孔海南掌握专业技术、学习治理理论及思路，还让他有机会到中国做现场调查，获取祖国湖泊情况的一手数据，了解当时中国湖泊富营养化问题的严重程度。藻毒素严重超标对人体健康所产生的危害太严重了。面对这个严峻的现实，孔海南对自己说："我必须回去了！"

"我想做中国的湖泊治理"，这是孔海南简单的心愿。为此，他需要寻找一个合适的科研平台。

2000年2月，孔海南给国内华东地区四所985重点大学分别寄去了信件，表达了自己回国工作的意向。

回复最快的是上海交通大学（简称"上海交大"）。时任上海交大人事处处长的毛大立，当时正好在日本筑波城内的金属材料研究所做短期访问学者。他在筑波就给孔海南打了电话，表示欢迎孔海南到上海交大工作。时任副校长叶取源与时任环境科学与工程学院（简称"环境学院"）党总支书记、常务副院长吴旦，到日本国立环境研究所与孔海南聊了三天，看了他所在的实验室及

◀ 2000 年，叶取源带队去
日本国立环境研究所招聘
孔海南的合影。（左起：
孔海南、时任日本国立环
境研究所副所长小野川和
延、时任日本国立环境研
究所所长大井玄、叶取源、
毛大立、吴旦）

其大型实验装置，看了他发表的十多篇论文，拍板决定
引进孔海南。

　　当时在日本国立环境研究所担任研究员的孔海南，
住着筑波城里三房二厅的高级公寓，拥有总数约 600 万
日元（相当于 40 多万元人民币）的年薪。

　　然而，面对上海交大的聘请，孔海南只明确提出了
一个要求：他想要教授的职称，以便开展科研工作。为
了集中精力在科研工作上，他不愿意接受任何行政职位。

　　古人云，五十而知天命。已经五十岁的孔海南，在
日本只要再待十年就可以享受退休待遇。相比之下，此
时回国另起炉灶，从头开始，并不是舒适的选择。可是，
他已经明确了自己的志向，只想把精力集中在湖泊保护
的专业研究上，在自己的祖国做他认为值得的事情。

　　随后，孔海南向日本国立环境研究所等日本方面递

交了辞职报告。

孔海南的这个决定又引起日本新闻界的关注。《读卖新闻》刊登报道说："孔海南研究员决定回国，他将在江泽民主席的母校就任教授，他的纪念演讲会 23 日将在筑波科学研究会议中心举办。"

2000 年 3 月 23 日，筑波市最大的会场——筑波科学研究中心的会场来了 240 名客人。会场高挂横幅：谢谢你！孔海南博士，我们的友谊是永存的。

孔海南在日本国立环境研究所工作了 13 年，这是

▶ 孔海南在纪念演讲会上

一个创纪录的年限，从来没有一个外国人在该所工作过这么长时间。为表示感谢，日本国立环境研究所所长、副所长来了，孔海南的老师须藤先生来了，须藤先生的朋友、日本广岛大学校长来了，研究人员、筑波大学的学生，都来参加孔海南的演讲会。

孔海南用流利的日语，用一个小时做了《防治湖泊面源污染》演讲。之后，众人依次走进隔壁一个酒店，欢送酒会开始了。每位参会者自付 5 000 日元，用饭资之外的余钱，为孔海南买一件纪念品——一块手表。这让孔海南非常感动。

2000 年 3 月 30 日，孔海南来到上海交大报到，成为环境科学与工程学院引进的第一位海归教授。

此时的学院才成立半年左右，只有两个借来的、约 15 平方米的房间—— 一个作为学院办公室，另一个作为会议室兼教室。可是，孔海南从日本运来了整整 26 箱书籍与技术资料。学院急忙又借了一间 20 平方米的仓库，其一半约 10 平方米供孔海南放置资料。

孔海南住进了供引进教师周转的宿舍区里一套约 56 平方米的公寓。他烧了一壶自来水，喝出一股漂白粉的味道。这个水质需要提升啊，这是他脑海中马上浮现的想法。

在三名老师共用的一间标准的教室里，孔海南安置了自己的办公桌，从此开启了一段新的征途。

　　培养下一代"治水人"，这是孔海南走上讲台的最大动力。在全国高校的生态环境学科中，孔海南率先讲授"水体富营养化控制"课程。他授课生动风趣且与时俱进，将一线治理中最鲜活的案例融入教学。孔海南上课，不依赖讲义和教科书，主要用自己整理的材料。教科书的出版需要几年的周期，其中的案例存在一定的滞后，而孔海南要让学生接触的是学科与业界最前沿、最新鲜的技术和范例。有时，他直接讲解自己正在进行的工程项目。在他授课时，教室里总是坐得满满当当，甚至过道上都站着学生。

　　在课件中，孔海南经常放上几张风景图，开始讲述当地需要治理的问题和相应方案。例如，在温州雁荡山的风景图片前，他告诉学生：山上有一个旅馆，每天有两百吨生活污水从这里排放出来。旅馆的下游数百米左右有一个小水库，水库大坝旁有一个为雁荡山居民供水的自来水厂取水口。而旅馆排出来的水是黑臭生活污水，没有处理过就直接排到饮用水库的库区里边。周围居民意见很大。

　　"这个旅馆排出的黑臭水怎么治理呢？在旅馆的左边，在一块接近2 000平方米的草地上，我们建立了一个生态草坪再生水工程系统，大约挖下去0.7米深，下面放防水土工布，上面做了一些工程结构措施，然后把土填回去，让黑臭污水流进来。黑臭污水中的污染物是草坪的营养物质，直接被草坪所吸收。一部分水作为草坪的绿化用水，剩下的水是中水，可以回收，作为溪流的补充水。"

"这种方法是生态工程学技术，非常便宜，大约只有深度处理技术成本的八分之一到十分之一，一般两年左右能回收成本。我把它作为一项技术动向介绍给大家。"

接着，孔海南又在屏幕上放出另一张风景照，这是贵州省贵阳红枫湖流域的小关水库。他向同学们介绍一项上海交大拥有知识产权的湖泊富营养化抑制技术——扬水筒装置。

"这个烟囱一样的东西，把它立在水库的中央，下面通过压缩空气会产生一个一个的气团，就可以把整个水库的水缓慢地搅动起来。这个筒的高度有13米。在冬季枯水期的时候，用小船把这个筒拉过来，沉在这个大坝的下面。"

中水也称再生水，指将污水回收处理、净化后再利用的水。日本城市建设中将供水称为"上水"，污水排放称为"下水"。

在孔海南放映的照片中，同学们看见了扬水筒装置旁边的压缩空气房。扬水筒装置及压缩空气将湖面上的藻华翻动到水底下去，将底层水翻到上层来，让藻类见不到阳光，无法进行光合作用。效果可谓立竿见影，三天左右，就可以消除绝大部分的藻类。这也是上海交大拥有知识产权的治水技术，与上一项技术一样，这项技术的建设费用也比较低。

孔海南对自己接手过的工程烂熟于心，对学生有问必答。他说："这些学生将会是未来的'治水人'。不仅要教他们学知识，还要锻炼他们的动手能力，毕竟水体污染治理是一门重视现场的学问。"

围绕着河湖治理，孔海南为学院逐渐组建起教师团队，开设了"水处理工程课程设计"、"生态设计与工程"（全英文）、"湿地生态"等课程。

每两周，孔海南的团队就要开一次课题交流会，让每一位博士生、硕士生轮流讲解、汇报课题进展，同时为博士生、硕士生答疑解惑。再忙碌的时候，孔海南也坚持回来参会。就像自己的两位恩师蔡宏道、须藤隆一一样，他也希望抓住各种机会把知识传递给学生。

传播新观念

在教学之外，孔海南心里还装着一件事情。湖泊治理不只是高校和研究机构的事情，如果没有全社会、全民的配合，那是做不好的。

科普是治理中的一项重要任务。治理江河湖泊水体富营养化，除了要对水体进行脱氮、脱磷的环境技术处理，更重要的是对人们的日常生活进行规范。比如禁止含磷洗衣粉这项举措，在日本花了八到十年才落实下来。在当时的中国，禁止含磷洗衣粉这项法律立法已经有数年时间了，还没有看到明显效果。湖泊里，仍被排进各种工业废水、生活污水、农田尾水。这些情况都迫切需要专家出面，向全社会、人民大众科普、呼吁、呐喊。

"一个湖泊一旦富营养化，把它恢复到富营养化之前的状态，需要付出的代价，是从这个湖泊所得到的直接经济效益的几百倍。以破坏环境来获取经济利益，是急功近利，是因小失大，得不偿失。"孔海南一直传播这个观点。

回国后不久，孔海南出现在中央电视台科教频道《百家讲坛》栏目中。他以专家身份，为广大观众做了一场名为《湖泊富营养化及技术动向》的报告。

讲座中，孔海南疾呼：当下，中国大江大河及湖库水环境质量正日趋恶化！除了强侵蚀区的流入以及雨水的表面径流等自然状态下的污染源，城市工业污水，城镇生活污水，农村的生活污水、养殖废水以及农田尾水

▶ 2000 年，孔海南在《百家讲坛》节目上做报告

中的氮与磷是水体富营养化的罪魁祸首。我国人口密集地区湖泊正在急剧富营养化，水质急剧恶化，西南少数民族居住区的高原湖泊也已处于水体富营养化的初期。这个现状必须引起重视！

"我国是世界上湖泊富营养化最严重的国家之一！"孔海南警示道。

通过现场勘测照片，孔海南讲述了我国多个大型湖泊以及城市湖泊的污染状况。他说，国家治理各大湖泊没少花钱，效果却不明显，其原因多种多样。其中，没有正确使用治理技术就是一个重要原因。

随后，他向观众介绍了一些国外使用的工程技术方案，其中许多工程技术是他在日本交流期间学习并改进过的。

孔海南着重介绍了"生态学技术"。1997 年，日本

制定的国家第三个五年湖泊防治规划中，关键词之一就
是生态学技术。即便是日本这样的经济发达国家，在湖
泊富营养化治理中也面临着较大的经济压力。而一些生
态学技术能够以相对低廉的成本进行水体的脱氮、脱磷
处理。作为发展中国家，中国的湖泊治理也可以参考使
用这类技术。这个讲座在做湖泊治理研究的知识界、政
界及社会各界产生了较大反响，引起了中国深受环境污
染危害的大众的共鸣：湖泊治理已迫在眉睫，必须群策
群力。

土壤净化槽"试水成功"

在农村的时候，孔海南常常看见农民将家庭生活污
水直接泼到门前的地上。污水一部分挥发到空气中，一
部分渗进土壤，污染物质留在了土壤的表层。表层土壤
活跃着丰富的微生物。对于微生物来说，氮、磷等物质
是重要的营养来源。孔海南的想法是：我能不能让微生
物很丰富的表层土壤"立体化"，让约 10 厘米厚的表层
土壤变成 50 厘米厚？

受此启发，在日本国立环境研究所工作期间，孔海
南发明了无动力"土壤净化槽"，并获得了国际专利。

孔海南决定用这一专利技术到洱海流域"试试水"，
做一个污水处理的生态学工程实例。

在大理州环保局的帮助下，孔海南在大理的挖色镇租了一片空地，决定在这里设计一个处理全镇污水的土壤净化槽。

他让工人们挖出一个约 0.7 米深、20 米宽的土槽，下面铺上防水土工布，再铺上用稻壳烧成的活性炭以及土壤、河沙和砾石按一定比例组成的混合物。

这个活性炭怎么烧制，很有讲究，火候过了不行，火候不到也不行。孔海南亲自动手制作，把烧制好的稻壳活性炭混合进土壤、河沙、砾石里。土壤的样品，要事先寄到上海交大实验室做物理化学分析。土壤是多少比例，河沙是多少比例，砾石是多少比例，都要经过计算。每个村庄的污水成分与浓度不一样，配方也就不一样。

在表土层下方约 20 厘米处，埋一根 PVC 材质的主管，与支管形成鱼骨形管网。流入的污水少部分向上蒸发，其余部分往下渗透。经过这样的设计，渗透水量比之前大 5 至 10 倍，而且在厚约 50 厘米的土壤层中可以形成丰富的微生物菌群，表层土壤"立体化"了。微生物菌群是辛勤的劳动者，会"吃"氮、磷等污染物。孔海南还设计在土壤表面栽种花卉和蔬菜等植物，进一步通过生物作用吸收氮与磷等物质。

接上管子后，全镇的生活污水被引进槽里。经过生态与生物复合工程技术一番运作，排出槽子的水比从污水处理厂以 A 类排放标准排出的水的水质还要好。进槽时，是浑浊的污水；出槽时，是清亮的净水。这种经过处理的水排进洱海，就不会产生面源污染了。

效果之好，奏效之快，给孔海南和当地干部带来了很大信心。他们又选中了周成镇，租用镇上一块不到五亩的土地作为土壤净化槽的又一试点。这是洱海流域的第一大镇，在著名的"蝴蝶泉"风景区旁边，商业十分发达。街道两边挤满了餐饮店和扎染店等商铺，排放出不少的污水。

镇上的居民好奇地过来围观。他们听说来了个神奇的上海交通大学教授。到了现场，只见一个神情专注的中年人在大太阳底下和施工队一起忙活着。旁边还有一个戴着草帽、皮肤黝黑的青年，看着像个农民，可又不是当地人，一问才知道是孔海南带来的博士生郑向勇。

他们指导工人将土壤净化槽用铁丝网围起来，上面覆土，种上景观花草，成了一个五彩斑斓的景观公园。完工之后，周成镇所有的生活污水、餐饮污水都排进这个占地不到五亩的土壤净化槽。污水中的氮与磷，成了景观植物的营养，成了微生物菌的食物。污水再经过沙土、砾石、活性炭净化之后，排出来的就是清亮亮的水了。选址的时候，土壤净化槽选在低洼处，让四周的污水都自流进来，净化后再排进洱海里。

从 2002 年起，孔海南和郑向勇带着大理州、市的环保局的科技人员，做了两个示范工程。随后，环保局组织推广，在洱海边受生活污水污染严重的村镇一共做了 57 个土壤净化槽，帮助当地形成了一定规模的生活污水处理系统。

"这个东西可神奇了！从外表看不出什么名堂，其实它里面的道道可多了。"挖色镇挖色村委会营头自然村的污水处理系统管理员赵庆生逢人就眉飞色舞地描述土壤净化槽技术。

每个村庄的污水成分与浓度不一样，土壤净化槽相应的细节设计也要对应调整。从选址、设计到施工，孔海南一步步计算好数据，守在施工现场，施工过程中一旦出现问题就随即解决。

将近二十年过去，当时施工队的领班钟岚说："孔老师的土壤净化槽刚开始做时，老百姓是将信将疑的。但是眼见为实，大家看到进去的是污水，出来的是清水，相信了。我们检测过，土壤净化槽出来的水是IV类水质，比污水处理厂出来的水好。污水处理厂出来的水，是不能直接排进洱海的，先要进入氧化塘氧化一段时间。土壤净化槽出来的水，能直接排进洱海。这个技术适合小镇、农村、山区的生活污水，也可以处理农田尾水，农田面源污水，而且管理简单，只要配一个管理员，经常去打捞一下土壤净化槽前面的调节池里的树叶、水草，清理一下淤泥，不要让管道堵塞就行。到现在，我们还在使用这项技术。"

这种生态与生物复合工程先进技术成本低，效果好，这是孔海南推广土壤净化槽技术的底气。

尽管土壤净化槽这一单项技术在洱海流域短期治理效果较好，但湖泊治理需要长期机制的社会性保障和国家层面的系统性治理以集中攻关。孔海南很早就认识到，这是以他一己之力难以做到的，他需要寻找更加坚实的支撑，需要更多的人参与进来。

奔波的"治水人"

孔海南名气越来越大，肩上的担子也越来越重，经常往返各地，同时跟进好几个项目，还要兼顾教学和科研工作，连夜赶路都是家常便饭。大家都说，孔老师是个"空中飞人"。

孔海南设计的工程的治理效果让越来越多的项目找上门来。比如钓鱼台国宾馆的景观水体治理工程，就是一个令孔海南印象深刻的项目。

2008年，北京要举办奥运会。50多个国家的元首、政府首脑要来北京参加奥运会开幕式，入住国宾馆。但是，

2002 年的钓鱼台国宾馆水系污染很严重。池塘里，常常有藻华覆盖着湖面，造成鱼类及沉水植物因缺氧而死亡，湖水散发着浓浓的藻腥臭味。

为了解决水体污染的问题，外交部钓鱼台国宾馆管理局发函邀请孔海南到现场勘测，并制订治理方案。

孔海南带着青年教师何圣兵以及团队其他成员来到国宾馆，一进去就闻到了池塘里飘来的藻腥味。检测结果显示，水体几乎所有的指标数据都严重超标。钓鱼台国宾馆的水是从隔壁玉渊潭公园里流过来的。玉渊潭公园的水已是劣 V 类水，可想而知，钓鱼台国宾馆池塘的水质自然也不会好。

孔海南的任务是：将钓鱼台国宾馆池塘里的劣 V 类水，恢复到 II 类水、III 类水标准；夏季时，池塘水的透明度要达到一米深的景观指标。

在日本国立环境研究所当访问学者时，孔海南曾观摩研究了以须藤隆一为首的团队治理日本皇宫水系的全过程。日本皇宫分为内濠、外濠，即内护城河与外护城河，水面相对静止。在 20 世纪 80—90 年代，这一水系多次暴发藻华。

须藤先生的团队从中国古代园林水系"流水不腐"的造园术得到启发：将东京的优质地下水抽出导入皇宫外濠，让水流动起来。水处理厂工艺采用格栅、上向流

◀ 2002 年，钓鱼台国宾馆
景观水体治理前的情况

强化填料过滤强化净化，水就变得清澈了，四小时后反洗一次填料。然后，用管道将处理后的清水送到日本皇宫前的制高点，再向外濠、内濠放水，让水往下流动起来。同时，内濠设置一个强制循环系统，使水在全濠流动起来后，再流进东京城市河道。这样处理后，水体中80%的有机及无机颗粒物等杂质被去除，由此形成较好的水生态环境。

　　这种工程思路被孔海南借鉴到钓鱼台国宾馆水体的治理方案中。方案分两步走。

第一步是将钓鱼台国宾馆内分散性的污染源分别处理掉，不让它进入钓鱼台公共水域。孔海南在钓鱼台国宾馆的丹若园等三个独立的园林中各找一块空地，分别做一个土壤净化槽，将分散性的污水收集起来，引入处理装置，使水净化后再进入钓鱼台公共水域。

第二步是将钓鱼台国宾馆的公共水域打造成一个独立的水系，实现内部强制循环流动。孔海南设计了一个可控的水系系统：做一个电控闸门，拦住玉渊潭公园流过来的水。再铺两根1米管径的钢管，从玉渊潭公园湖心每天抽取4 000吨水，用直接过滤加生物膜过滤工艺处理后，放水进入钓鱼台公共水域；直接过滤能将颗粒状的藻过滤掉，生物膜过滤能将溶解状态的氮、磷吸附分解。这样一来，水体透明度大幅增加。疏浚湖底后，修建2公里长、每日1万吨规模的内循环输水管道，并在局部水域用部分水下推流机技术，让整个水域都流动起来，不再是死水一潭。最后，在湖底防渗漏工程上面砌台阶，移土种莲花。到了夏天，莲花盛开，风景优美。

孔海南设计的这个方案能够去除约90%的蓝藻，使水域在夏季达到水质透明度一米深的要求。日本皇宫的水体系统每20天循环一轮，而孔海南设计的钓鱼台国宾馆水体系统，每12天就循环一轮。而且，管理者可以根据水质情况控制系统运转，以节约费用。

　　这个工程从 2002 年开工，到 2005 年完成，整整做了 3 年。工程方案由孔海南设计，何圣兵实施。孔海南每个月去一次工地现场，他的学生也去现场，在老师指导下，做硕士论文、博士论文。看到这个工程的实效，孔海南、何圣兵都感到很自豪。

　　从想法到设计，从立项到实践，每一步进展的背后，都有"治水人"晒成棕色的脸庞和汗流浃背的身影。何圣兵本科读的是给水排水工程专业，硕士、博士读的是环境工程专业，2003 年入职上海交大环境学院，加入孔海南团队。自 2003 年起，何圣兵与孔海南共同承担了钓鱼台国宾馆景观水域综合治理工程。每次需要赴现场指导时，何圣兵白天在学校授课，晚上乘直达特快列车赴京，在火车上睡一觉。天亮到站后，他直接赶往工地现场，当天晚上再乘直达特快列车回上海，次日早晨直

▲ 治理后的钓鱼台国宾馆景观水体

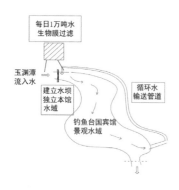

◀ 钓鱼台国宾馆景观水域内循环系统的设计方案

奔学校，赶上当天的课程。和孔老师一样，何圣兵也做到了教学、科研"两不误"。

除了学校和钓鱼台国宾馆工地现场，当时的孔海南还要抽时间去洱海，去太湖。

2004年，孔海南作为副组长参加了太湖水污染与水体修复技术及工程示范课题。他是项目技术负责人，做了三年攻关研究。2006年，国家发改委、财政部、科技部三部委专家组对孔海南承担的太湖攻关项目予以评审，评价较好。

即便再忙碌，孔海南也舍不得落下任何工作。每一个项目，都是他心血的凝结；每一个项目，都对区域水质有着切实的改善。为这样的事情而奔忙，或许是每一个水生态环境学者的心愿。

随着钓鱼台国宾馆项目的成功实施，2004年孔海南又接到了杭州市政府的邀请，到杭州西湖流域去设计、实施治理工程。

北宋诗人苏东坡诗云："水光潋滟晴方好，山色空蒙雨亦奇。欲把西湖比西子，淡妆浓抹总相宜。"诗中西湖景色绝美，不成想，千年之后站在西湖湖湾边能闻到臭味。21世纪初，西湖的局部湖湾水质一度恶化到劣V类水。龙井茶园的尾水流向西湖边的龙泓涧小流域，农业面源污染很严重。为了改善这一流域的水生态环境，西湖治理需要及早开展。

从制定流域内的施肥标准开始，孔海南一步步梳理治理方案。主要思路是从钱塘江引水进入西湖。在钱塘江与西湖之间的玉皇山顶，有一个废弃的每天产水 40万吨的自来水厂。方案计划让这个厂恢复生产能力，将钱塘江水送到玉皇山顶，有一个每天产水量 30 万吨的水质预处理厂，可将经絮凝沉淀处理的钱塘江水通过涵管送到西湖西南面的太子湾公园，再使其流进西湖的小南湖入湖口。另外，在赤山埠还有一个每天产水 10 万吨的废弃自来水厂。经恢复生产能力后，这个自来水厂可以让新鲜清亮的水流经浴鹄湾、乌龟潭、茅家埠、茅乡水情四处后补进西湖湖西水域，再从涌金门进入市区河道，最后汇入京杭大运河。在柳浪闻莺景区，排两根直径 1.2 米的粗管道，将玉皇山顶处理过的清水引向西湖东面，让整个西湖水域的水流动起来。

经过疏浚、扩容，西湖从原来的约 5.6 平方公里扩容至约 6.4 平方公里，入湖的氮与磷等物质也得到控制，水体恢复了清亮。治理后，龙泓涧水生植被恢复良好，水体干净清亮。

这一项目前前后后花了十年时间。竣工后，西湖中心水体达到 2 米的透明度，水质由原先的局部湖湾劣 V 类水优化为一年中 7 个月 III 类水、5 个月 IV 类水。

▶ 西湖龙泓涧治理后水体透
　明度与生态效果

　　治水，要一直坚持下去。这不只是改善区域水体的水质，还是关系国家生态文明建设、经济持续发展、人民健康生活的关键问题。不少"治水人"已经认识到，面对如此宏大艰巨的任务，还需要更加坚实的支撑力量，需要有政府财力、物力、人力的巨额投入。

水专项落地

　　2006年12月的一个深夜，孔海南接到中国环境科学研究院刘鸿亮院士打来的电话——水专项在国务院常务会议立项通过了！这个消息让孔海南激动地流下了热泪。经过以刘鸿亮为首的专家团队持续六年的呼吁和推动，中国的水生态环境保护与治理迎来历史性转折。

孔海南仍记得 2000 年他在《百家讲坛》做完讲座后，深感即便有技术保障，有广大民众的环保意识，仍是不够的。如同日本的国家湖泊治理计划一样，全国的湖泊治理需要国家层面的支持，需要国家级专家组成团队，持续予以治理。

讲座结束后，孔海南等几位专家就向中国环境科学院刘鸿亮院士做了汇报。刘院士是中国水环境研究领域的学术权威专家，也是科学技术领域里的著名社会活动家。

刘院士听了汇报后，决定牵头组织包括孔海南在内的 17 位国内知名水生态环境专家组成团队，先后向朱镕基、温家宝、邹家华等党和国家领导人汇报我国江河、湖泊、水库富营养化的现状与治理对策建议。

汇报中，刘院士使用了孔海南搜集国内外资料后制作的 PPT，简明扼要说明了我国湖泊富营养化急剧恶化的趋势，其中特别举了云南滇池的例子："滇池 80 年代初期还处于 Ⅲ 类水，到 90 年代中后期，全湖范围急剧恶化为劣 Ⅴ 类水，蓝藻藻华面积在湖中心有约 20 平方公里，藻华厚度有数厘米，陷入重富营养化灾害状态。按照上述恶化趋势，我国在 21 世纪前 10 年，不仅仅是

▶ 刘鸿亮院士

参加人员名单

1	北京林业大学水保学院　副院长	余新晓	教授、博士
2	北京林业大学水保学院	朱清科	副教授、博士
3	北京林业大学国家林业局水土保持重点实验室副主任	关文彬	副教授、博士
4	北京林业大学水土保持学院	张志强	副教授、博士
5	中科院水生生物研究所	刘永定	研究员、博士
6	中国水利水电科学研究院	刘树坤	教高、博导
7	北京师范大学环科所	薛纪瑜	教授
8	中科院南京地理与湖泊研究所	屠清瑛	研究员
9	中国环境科学研究院	金相灿	研究员
10	北京大学环境科学中心	徐云麟	教授
11	北京大学环境科学中心	郭怀成	教授
12	中国环境科学研究院	刘鸿亮	教授、院士
13	国家环境保护总局	尹　改	司长
14	国家环境保护总局	罗　毅	处长
15	国家环境保护总局	王开宇	副处长
16	上海交通大学环境学院	孔海南	教授、博士
17	南开大学环境科学与工程学院	戴树桂	教授
18	北京农业大学资源与环境学院	王兴仁	教授
19	北京市环境科学研究院	卞有生	研究员
20	中国环境科学研究院	叶　春	助研

▶ 2000 年，国家环境保护总局科技司组织的以刘鸿亮院士为首的专家组名单

湖泊富营养化面积将进一步增加，而是可能出现全国大范围的富营养化灾害。"

　　刘院士又举了日本霞浦湖治理 27 年花费约 1 300 亿元人民币才恢复到Ⅳ类水的例子，然后说："必须冷静地认识到，我国的湖泊富营养化防治工作，是一项长期而艰巨的工作，需要经过数十年的努力。"

之后几年，以刘鸿亮院士为首的专家团队持续向国务院、发改委、科技部、国家环保总局汇报，希望将水体污染治理项目列入国家重大专项。历史上，我国曾以重大专项的形式，由中央政府主导，以举国之力攻关，完成了多项重大工程，例如"两弹一星"、载人航天，等等。

与此同时，孔海南多次向环保界、高校的领导层进言：面对中国湖泊蓝藻频频暴发的状况，应借鉴日本的经验，组成强大的国家级专家队伍。如果能发挥中国的"举国体制"优势，常年不懈地持续治理水生态环境，藻华是能够控制的，局势是可以扭转的，湖泊水质的良性循环是能够做到的。

时任国务院副总理温家宝听了孔海南等专家的汇报后，委派时任中国环境保护总局局长解振华去日本考察其环保现状。孔海南陪同解振华访问日本，兼任翻译。孔海南原先是中日两国环保界共同的研究员，对两国的环保现状都很熟悉。访日期间，孔海南多次向解振华建议：应该借鉴日本"产官民学金"的举国治水做法，建立专项模式应对日趋恶化的湖泊富营养化情况。

2007年12月26日的国务院常务会议通过了三个国家科技重大专项实施方案，其中就包括"水体污染控制

▶ 2001年，孔海南（左三）在日本陪同解振华（左二）考察

与治理科技重大专项"。

水专项历经"十一五""十二五""十三五"三个五年计划，一共十五年执行期，着力解决水体污染控制与治理所需的共性关键技术。

水专项下设六大主题，其中"湖泊富营养化控制与治理技术研究与示范"选择具有典型性和代表性的湖泊水域及流域重点集水区开展工程示范，为我国大规模开展不同类型湖泊富营养化治理提供成套技术与管理经验。

其中，洱海项目，即"营养化初期湖泊（洱海）水污染综合防治技术及工程示范"，由上海交通大学作为牵头单

水专项下设六大主题："湖泊富营养化控制与治理技术研究与示范""河流水环境综合整治技术研究与示范""城市水污染控制与水环境综合整治技术研究与示范""饮用水安全保障技术研究与示范""流域水污染防治监控预警与管理技术研究与示范""水体污染控制与治理战略与政策研究"。

位，由孔海南任首席科学家，联合中国环境科学院、中国科学院水生生物研究所、中国农业科学院、中国水利水电科学研究院、北京科技大学、华中师范大学、昆明理工大学、大理大学等 17 个单位参加。

针对水专项的项目实施，国家发改委、科技部、财政部三部门组成督查组，督查进度与违规违纪情况；孙鸿烈院士、钱易院士等 50 人成立专家组，负责审查技术方案与结题验收。

从 2005 年开始，孔海南就参加了水专项初期设计阶段工作，积极推动洱海项目进入"湖泊主题"领域。作为洱海项目的首席科学家，孔海南在 2006 年 6 月受国家三部委委托，带领团队进驻洱海。

水专项落地后，中国的湖泊治理从一个团队、一个单位的单打独斗，进到国家层面的协同攻关。国家在政策、机制、资金、人员等方面提供了重要保障和支撑，使得中国治湖之路开始走上持续的

水专项洱海项目分成陆上控源与湖泊水体修复两大部分。

陆上控源有三个课题：洱海全域清水方案与社会经济发展友好模式（第一课题），在洱海全流域实施，由华中师范大学承担；农村与农田面源污染防治与示范（第二课题），由中国农业科学研究院承担；入湖河流净化及低污染水生态处理及工程示范（第三课题），由上海交通大学承担。其中，第二、第三课题在洱海流域北部罗时江流域实施。

湖泊水体修复分为三个课题：湖滨带及缓冲带技术工程示范（第四课题），湖泊水生态、内负荷变化与防退化技术（第五课题），湖湾水体污染防治综合修复与工程示范（第六课题）。其中，第四、第五课题由中国环境科学研究院承担，实施地点在洱海的中部及西部。第六课题由中国科学院水生生物研究所承担，实施地点在洱海北部的沙坪湾。

治标又治本之路。

上海与大理距离近3000公里。这漫长的路途，起初并不好走。在水专项落地之前，孔海南也带过不少师生去洱海。在2002—2006年期间，从上海到大理的上关镇，一路要花19.5小时：清早6时从家里出发，乘8：30的飞机飞往昆明，11：50到昆明巫家坝机场。转市内公共交通，到昆明北长途汽车站。14：00乘长途汽车出发，经滇缅公路，21：00到大理市长途汽车站，22：00从大理西长途汽车站出发，23：30到上关镇。

令孔海南担心的是，晚上到洱源上关镇的这段路没有长途公共交通，学校师生的安全难以得到保障。

孔海南研究后，从2006年底起，换了一条更安全的路线：14：00从上海家中出发，16：30虹桥机场起飞，20：10到达昆明巫家坝机场，22：00从昆明火车站"一米轨"小火车站出发，第二天清晨5：40到大理火车站，8：30从大理西长途汽车站出发，10：00到达上关镇。

解决了交通路线的问题，孔海南便开始考虑水专项落地后，团队在洱海边建立工作站的选址问题。算上研究室、仪器分析室、宿舍、厨房、厕所、澡堂等场所，研究站起码要有十个房间。

四处打听后，孔海南选中距离上关镇罗时江入洱海口200米处一座农户的房子。宽敞的院子，结实的铁门，这应该可以让师生们住得安全些吧。房主经济上十分困难。孔海南团队的到来，为他们缓解了燃眉之急，也让当地干部及村民，对这支上海来的科研队伍，产生了善意和信任。

2006 年 11 月，在一个阳光灿烂的早晨，随着一阵喜庆的鞭炮声，"上海交通大学水专项洱海研究基地""国家重大水专项洱海项目沙坪工作站"的牌子挂起来了。为了庆祝挂牌，团队师生一起包起了饺子，孔海南剁馅儿，另一位教师王欣泽擀皮，学生和面，大家开心得像是过年。那天晚上，团队人人胃口都特别好，吃了好多饺子。王欣泽擀皮擀得胳膊痛了好几天。

王欣泽本科、硕士、博士读的都是环境工程专业。王欣泽的导师王宝贞教授是孔海南的老朋友，也是从日本留学回国的学者。王欣泽博士毕业后进入上海交大当教师，加入孔海南团队。孔海南考虑到他没有出国留学的经历，就同意他先去法国博士后工作站研修一年。研修期间，王欣泽与一位在法国进修医学法语的昆明姑娘相恋，这位昆明姑娘之后进入上海交大医学院任教。这两位教师修成正果，结成人生伴侣，生了一个女儿。

王欣泽加入孔海南团队时，孔海南对他说："我的团队要常驻大理洱海的。"王欣泽说："孔老师，没有问题，我可以做到。"

▶ 孔海南团队在研究站前
合影

▶ 研究站所租用的房子具有
白族建筑风格

▶ 孔海南（左一）与学生在
研究站包饺子

为了支持王欣泽的工作，经双方学校协商，他的太太被借调至大理大学任教，让女儿到大理读幼儿园，全家都在大理生活。

这下，这支洱海边的治水队伍总算安定了下来。

一个小组 7 个人，每天早上 8 点半出发采样，哪怕是烈日炙烤、暴雨浇注，也不放弃。到下午 4 点半，小组把 34 个采样点全部采齐，然后封固样品，进行数据分析处理。如此日复一日，年复一年。

三重危机的考验

在研究工作稳步开展的同时，孔海南暗自犯起了难。

"兵马未动，粮草先行。"师生团队进驻洱海最先面临的是资金短缺问题。重大专项的拨款流程较为复杂，从立项到财政部拨款到位，足足花了将近一年半的时间，科研费需要"先行垫付"。可是，用钱的地方真不少：付房租，购买研究设备；设备来了之后，电容量不够，电压不稳，需要进行电容量增加的工程，又要买稳定电压的设备……

说到横向经费问题，孔海南曾深受困扰。当时，上海交大引进人才，只有少量房贴和少量启动资金，只有一条鼓励政策：引进人才三年不考核。孔海南 2000 年入职，从 2004 年开始要考核了。

孔海南做的主要是横向项目，考核要求高。当时的考核更偏重纵向项目（国家项目），以及高水平论文。

钓鱼台国宾馆项目属于横向项目，发改委批下来的完全是工程款，每一分钱都要用在工地上。

到了 2006 年底，孔海南团队连续三年考核不及格。孔海南被"降薪降职"，由"二类岗"降为"三类岗"，基本工资及岗位津贴下降 30%，整个团队也因此连续三年都拿不到年终奖金与科研提成。这让孔海南感觉连累了团队成员。

回顾往事，吴旦副校长解释说，这是中国高等教育经历过的一个历史阶段，当时国家穷，教育经费不足，教育管理实行量化管理的考核制度，类似记工分模式。现在，中国像上海交大这样的"双一流大学"，教育经费充足，量化管理已成为历史，当下进入目标管理阶段，更为科学、合理、合情了。

团队经费很快就用完了，孔海南开始垫出自己的存款。他在日本国立环境研究所做研究员时，拿了好多年的高薪。但银行卡的存款不断地被他垫用在洱海项目里。一年间，孔海南共垫付了近 200 万元，几乎到了身无分文的地步，他只能对校内外公开宣布自己已经"破产"了。

幸好，他的一位在读博士生联系到了社会上的课题资助，一家外资化妆品公司提供 40 万元科研费，请孔海南团队做一个海洋富营养化研究课题。水专项技术总师请中国环境科学院又紧急支援 20 万元。靠这 60 万元，大家省吃俭用，团队艰难度过数月。等到了 2007 年 10 月，水专项资金终于到账，这才避免了洱海项目资金链中断的危机。

其实，在资金危机发生之前，孔海南的身体危机就已经出现了。

孔海南患有家族遗传性心脏病，还有心律不齐、高血脂、高血压、糖尿病、胆结石、肾结石、脑供血不足、脑温偏低等健康问题，血糖值高至 20mmol/L，经常需要服用很多药物。早在 2004 年，他正全身心沉浸在国家交给他的太湖课题中。在上海交大闵行校园，他毫无征兆地突发心脏病，一时心跳停止，失去意识倒在地上。校医为他做心脏复苏，将他紧急送到附近的上海市第五人民医院急救，挽回了他的生命，后将他转至上海市中山医院心脏内科住院检查。两周后，他转至厦门鼓浪屿疗养院，住院观察一个月，仍未能查明病因。当年 6 月，国务院下拨科研经费。太湖课题要实施了，其中孔海南任农村面源污染控制课题组副组长。在病因未查明状态下，他带病前往无锡太湖主持该课题的技术方案制订工作。

2005 年 5 月，水专项的筹备工作正在进行。受当时的环保部委托，孔海南到大理州环保局商讨提供申请文件相关的背景资料与财政承诺书等事项。这时，原局长尚榆民已被任命为大理州人大常委会副主任，分管环保工作。当天，孔海南与时任局长商讨工作之后，又去洱海现场查看水情。接着，他给大理州环保人员讲课，环保局长也一起在听。讲课过程中，孔海南再次突发心脏病，失去意识倒地，被刘滨等人送到医院急救。

第二天，刘滨买了大理到上海的火车票，护送孔海南回上海。

回到上海，医生检查后说："你这是很严重的心脏病，你的心脏不仅不合适在高原工作，即使在平原，也建议你全日休息，不能再工作了。不然的话，会有生命危险。"

但是，当时的水专项国家级专家团队的50名专家中，唯有孔海南一个人具有在国外长期从事湖泊系统研究治理的经历。在上海交大的团队中，也只有孔海南一个人在日本参加过1996—2000年国家级湖泊研究治理计划。他是水专项洱海项目的顶梁柱。

孔海南放心不下洱海，稍事休息后，又回到洱海。

而这时候，雪上加霜的事来了。

孔海南唯一的女儿患了重病。

面对女儿，孔海南总有一种内疚。1987年，孔海南公派到日本当访问学者时，女儿不到10岁。后来孔海南妻子也去日本照顾孔海南的生活，女儿由孔海南的姐姐照管。直到女儿上高中，夫妇俩才把她接到身边。随着女儿一天天长大，她也逐渐理解了父亲为何一门心思扑在工作上，总是支持、理解他。女儿在日本硕士研究生毕业后，回国伴在父母身边。这是一个小鸟依人般的乖女儿。

孔海南得知女儿患重病的那几天，心烦意乱，神情恍惚，几乎无法集中注意力思考，他迅速返回上海，只有一个念头，必须救女儿。

时任上海交大党委书记王宗光等校领导听说后，及时伸出援手，帮助联系医院与医生。住院，输血，手术，化疗，女儿病情慢慢稳定下来，孔海南也稍稍心安了一些。

孔海南又开始思念洱海。这种思念，丝丝缕缕不断线，"才下眉头，却上心头"。他放弃高收入离开日本，不就是想要回来报效国家吗？洱海治理走到此时不容易，水专项可以让洱海水质一步一步朝着生态良性循环的方向转化，这时候绝不能放弃。

在女儿之后一年多反复化疗过程中，孔海南冒着自己心脏突然停跳的危险，决定回到洱海。

他的心脏，确实不适应高原，春夏两季每个月都要发病一次，发病时，心跳加速，每分钟超过180次，房颤发生，视野迅速缩小，意识消失……发作次数多了，孔海南出于生命本能，知道发作时不能倒地，他顺势往地上一坐，再躺平身体，让脑子与心脏处于一样高度。他瞒着病情，怕影响年轻老师与学生的情绪，就不让他们知道。病情稍稍缓解后，他又站起来，喘口气，继续工作。

为了自测心脏状况，孔海南在身上挂了心脏节律监视器和袖珍心电图机，戴得仪器都散了架。

为了帮助孔海南实现留下的心愿，大理大学科技处请他住到位于下关的大理大学医学院医生与教工宿舍1号楼1单元402室。这里楼下就有医务室，这栋宿舍楼离医学院附属医院，直线距离不到300米。他心脏发病

▶ 孔海南使用的表型心脏监视机（上）和袖珍心电图机（下）

时，能及时得到救治。

许多朋友和学生都担心孔海南的身体，前来探望。一个熟悉的、焦急的身影出现了，是他的妻子王群一。当时，王群一在上海一边照顾生病的女儿，一边时时担心着丈夫。她在1989年就去日本照顾孔海南的生活，同时在日本的筑波乒乓球俱乐部兼做教练。孔海南为了工作不顾身体的样子，她再熟悉不过了。

听说孔海南再次晕倒后，王群一急忙赶去探望。为了让妻子放心，孔海南坚持要演示做一顿饭。平日里，他给自己制订了控制血糖、血压等指标的清淡食谱。因为宿舍没有天然气，他在厨房里放了一个电磁炉。他一板一眼地解释说，电磁炉的发热面积小、温度高，炒菜可需要功夫了，一边说着一边将锅稍稍悬空，不断调整距离。看到这一幕，王群一有点心酸，哭笑不得，又稍

◀ 大理大学医学院宿舍1号楼

稍有些安心。知夫莫若妻,王群一知道丈夫想做的"治水"之事她是拦不住的,只能做好后勤保障、健康顾问。

在大理大学医学院的宿舍,孔海南住了七年之久。宿舍离上海交大沙坪湾工作站有 40 多公里。几乎每天上午,他都去洱海项目参与单位的多个工作站查看各个课题的进度,看看现场有没有需要协调的问题,忙碌一天后晚上再返回宿舍。

待病情稍微缓解后,孔海南很快又返回工作岗位。他心中紧紧绷着一根弦:罗时江小流域的治理工程就要开始了,这对他的体力和精神都是一场考验。

《罗吋江湿地》（赵渝 摄）

"擒贼先擒王！"治理洱海，孔海南准备先从最大的污染源——罗时江下游流域开始。他用双脚丈量罗时江，丈量苏黎世湖，找原因，学经验，制订他的"罗时江方案"。从 2006 年至 2011 年，经孔海南带领团队努力，罗时江流域综合治理工程顺利完成。但是，孔海南还有一桩多年的"心"事。

大蒜和奶牛

孔海南带着上海交大师生来到洱海的时候，从罗时江的入湖河口到洱海的湖湾——沙坪湾一带污染严重，已经很久看不到自然生长的海菜花了。

洱海北部洱源县流进洱海的三条江河——罗时江、永安江、弥苴河排出的污染物，是洱海主要的污染来源。其中，罗时江是当时水质最差的，这条约长 17.8 公里的江带来了洱海约 30% 的污染。孔海南决定将罗时江下游作为洱海项目的核心示范区。如果污染最严重的罗时江下游能够治理好，那么当地的干部和群众也就有信心了。

罗时江为什么会有这么严重的污染？

为了搞清楚这个问题，孔海南对整个流域实地考察了一遍。他带上从日本带回的高性能小型照相机和几个馒头，从罗时江的源头走起，一边走，一边看，不时打上一瓶水，放进包里带回去检测。花了一天时间，他从

▶ 孔海南在洱海流域勘查生
态环境状况

源头走到了罗时江汇入洱海的沙坪湾。

　　不只是罗时江的主干河道，还有从大理苍山中部流出的阳溪，洱海最南面的凤仪河，……洱海流域 2 565 平方公里内的主要河流，孔海南几乎都走了一遍，看了一遍。

　　走累了的时候，他就地坐下，抬头看看天上的云彩。

　　苍山洱海的云彩，有时洁白，有时五彩，变化很多。阳光下，常常有长长的、薄薄的像一片飘带般的云彩缠绕在苍山半山腰，被老百姓称为"玉带云"。

　　夏天，来自海洋的西南季风一刮，云彩饱含水汽，一团团、一堆堆地卷成厚厚一层，被大风吹到苍山的山腰。云层碰到山体，开始翻滚着朝上升腾，升腾。越是往上升，温度就越低，快要到达山顶时，云层就开始下雨了。山体越高，降水就越多；山体越低，降水越少。洱海西边，高耸的苍山每年可带来 1 200 毫米的降水，洱海东面的海东镇海拔相对较低，年降水量只有 565 毫米左右。洱海湖面是海拔最低的，降水量也是最稀少的。苍山洱海"相看两不厌"，就有了调节气候的功能。

"望夫云"

有时，洱海上空出现一个圆圆的纯白色云盘，那不是 UFO，而是民间传说中的"望夫云"。传说南诏国公主爱上一个英俊的青年猎人，私奔成亲；然而，猎人被她的父王害死在洱海，因此公主忧愤而死，化为一朵圆形的望夫云，不时在洱海上空盘旋，寻找消失在洱海里的爱人。

苍山玉局峰顶也有"望夫云"，每当云朵在碧蓝的晴天出现，洱海上往往就会风浪大作，波涛起伏。是洱海在为公主鸣不平吗？

洱海上空，风刮得猛烈时，天上的云层上下翻滚，忽卷忽舒，左冲右突，变化着各种姿态，忽而像群马奔腾，忽而像蛟龙戏水。

孔海南举起挂在胸口的相机，留下这些美丽瞬间。这架相机是他治水路上收集资料的好助手。相机里，除了研究需要参考的现场照片，最多的就是苍山洱海的这些美景。

看，在洱海小普陀岛的上空，出现了一弯橙黄色的

▶ 苍山（孔海南 摄）

▶ 洱海（孔海南 摄）

云条。云条的前端，隐隐约约见到金色凤凰俏丽的头，那一弯橙色的云条，就像凤凰宽大的翅膀。

黄昏时，地平线上的白云会裂开一道缝，霎时透进霞光万道，为洱海的湖面镀上一层金光。太阳落山时，云彩仿佛一团燃烧的巨型火焰，从中间透出来一道道闪烁的金光。

孔海南乘船到洱海湖面上勘察，他特意让船开到湖面中心。十年前，他初次来洱海的时候，那片水下森林让他至今难忘。然而，这一次他看见的则是浑浊的湖水，透明度不高，沉水植物苦草、黑藻、微齿眼子菜、穿叶眼子菜、穗状狐尾藻、金鱼藻长得稀稀拉拉，无精打采，叶子也脏兮兮的，一副严重营养不良的样子。沉水植物面积在缩小，群落结构在退化。金贵的海菜花，更是杳无踪影。

孔海南感到无比伤感和惆怅。站在船上，他在心里暗暗立下誓言：一定要让海菜花重新绽放在洱海里！

经过将近一年的调查，孔海南团队锁定了主要的污染源——大蒜与奶牛。

洱海流域原是白族人民自给自足的富饶土地。当地有一种独瓣的紫皮大蒜，吃起来有甜味，烧熟后也是硬的。大理的紫皮大蒜，含大蒜精油量特别高，可用来制作保健品。全球有一个地理上的大蒜种植带，大理正好在大蒜种植带上。由于商业价值较高，紫皮大蒜需求量持续高涨，引起当地农民争相种植。从 1999 年到 2003 年，紫皮大蒜种植区域覆盖了洱源县近 95% 的农田。到了收获季节，国内外的收购商人开着汽车挤满了田间的道路，竞相收购紫皮大蒜。当地农民只要种三年大蒜，就可以凭收入造起"一辈子的梦想"——新房。

可是，大蒜是一种需要"大水大肥"的农作物，给种植环境带来很大压力。不仅如此，有些农民为了增产而过量施肥，一亩地使用化肥量可达 175 公斤，其中一半被大蒜吸收，一半残留在土地里。到了雨季，雨水将农田里残留的化肥、农药冲刷进洱海，造成洱海中氮、磷含量严重超标。水体富营养化后，在高温及强烈光照天气里，藻华就暴发了。

奶牛也是洱海边农民的宝贝。洱海流域昼夜温差大，日照充足，紫外线强，牧草长得非常茂盛，造就了高品质的牛奶。很多当地家庭让孩子放学后就去湖边草甸放牛，养牛的收入就是他们的学费来源。然而，奶牛在湖边吃草时所留下的排泄物会被冲进洱海里，这是洱海富营养化的另一个重要原因。

孔海南团队进行了调研和估算：当时洱海流域共养殖奶牛约 14 万头，而每头奶牛造成的环境负荷相当于 23 个人，也就是说，当时的奶牛养殖业相当于给洱海叠

◀ 紫皮大蒜的收购场景

◀ 洱源农民赶着奶牛走在公
　路上

加了300多万人的负荷压力。这样一来，洱海所承载的
环境压力，已经超过了滇池流域。

　　双层重压之下，2003年，洱海蓝藻又一次暴发。藻
华密不透风，绵延了十几平方公里。蓝藻生命周期为七
天左右，死亡后细胞内释放出藻毒素，腥臭难闻。面对
浩浩荡荡的藻华，当地干部和群众采用了一种土办法：

用八条船组成一队，驶进湖里将藻华驱赶到中间围住，用网、勺打捞。站在湖岸上的人们，都手持一个网兜，弯着腰打捞蓝藻。可想而知，这种办法的效果并不理想。

洱海已经不堪重负了。孔海南带领的团队开始想办法为洱海"减压"。

据团队分析，紫皮大蒜、奶牛造成的面源污染，大约占洱海污染的70%。如果能控制这两个产业的规模，那么污染程度就能得到缓解。

老朋友尚榆民给孔海南分析过，养一头奶牛的利润，几乎等于一个县委书记的年收入，紫皮大蒜的利润也十分可观，当地农民刚学会致富门路，肯定舍不得放弃。曾经，有些当地干部发牢骚说："苍山不能砍树，洱海不能下海，中间不能冒烟，怎么发展？"尚榆民回忆起，1996年大理第一次暴发螺旋鱼腥藻藻华，州政府决定取消机动渔船和网箱养鱼后，周边农民损失就有上亿元。他和农民一样感到心痛！

如何平衡经济发展与环境保护呢？水专项洱海团队的各参加单位专家将这个问题列入研究重点。

针对大蒜种植带来的污染，中国农业科学院的专家经过调查与实地研究，提出建议：湖岸线200米内禁种大蒜，200米到2 000米之内限种大蒜，湖岸线2 000米以外放开种大蒜。这是因为，距离洱海2 000米以上的区域超出了澜沧江流域，属于金沙江流域。这里的地表水，流进金沙江需要经过较长的距离，污染物质随流水一路被吸收，再经过金沙江的自净，并不会造成污染压力。

对专家的提议，大理州政府表示全部接受。"像爱护自己的眼睛一样爱护洱海""洱海清，大理兴"……各层级想方设法动员起来。当地的党员、公务员、教师、医生等体制内人员，带头要求亲属停种大蒜，呼吁全体农民也停止大蒜种植。

或许是政府的劝说和带头行动起了作用，或许是长久以来"以苍山为父，以洱海为母"的白族文化，让当地人对这片土地已有深厚感情。不少农民含泪将奶牛卖掉，也不再种植紫皮大蒜。一切，只为了洱海恢复清澈。

政府、民众、科研团队，需要合力行动。除了停种大蒜，还有牛粪污染问题亟待解决。

针对奶牛养殖带来的污染，国家水专项的研究团队之一、昆明理工大学的专家经过数年调查与实地研究，提出建议：一是适当圈养奶牛，二是建立一个集中处理牛粪的肥料工厂。中国农业科学院给出配方，将牛粪制成袋装复合肥料。

中国农业科学院与昆明理工大学的专家设计了一个每年可收集处理 60 万吨牛粪的工厂，用于生产有机复合肥料。

采访钟顺和节选

当地的钟顺和办起了这个牛粪工厂。那时，钟顺和承包了大理古城七里桥供销社。他专卖化肥，生意好做，赚钱不少。有一个客户，与钟顺和签了购买有机肥的合同。化肥虽然见效快，但长期使用会破坏土壤团粒结构，使土地板结退化，而有机肥能给土地补营养。钟顺和从内蒙古买了三个火车厢的有机肥，一千元一吨的价格比化肥贵了不少。当时铁路运力有限，发车要排队，等肥料运到大理已经错过了农时。客户要求退货，结果钟顺和这单生意赔了钱。他研究了买来的有机肥，发现是用牛羊的粪便制成的。钟顺和心中忽然一个激灵：洱海边的农民家家户户都养牛啊，这不是有机肥原料吗？不仅能卖个好价钱，还有利于保护洱海。他又做了市场调研，咨询了专家，证明这确实是个环保又有前景的产业。

就在这个时候，钟顺和认识了孔海南。两人聊天交流，不谋而合——水专项团队居然将牛粪工厂也设计好了！这让钟顺和感觉到，开建牛粪工厂是顺应了天时地利人和。

钟顺和加倍努力投入工作。他先建设了一座工厂，之后在大理州政府建议下，一共建了四座有机肥加工厂，由中国农业科学院团队、孔海南团队分别提供发酵菌种与相关技术，生产有机肥料。

　　工厂在洱海流域的村庄，隔 2 公里左右设一个牛粪收集站，一共建了 25 座牛粪收集站。四个厂每天收集 1 300 多吨牛粪，每年可收集牛粪、猪粪、家禽粪便 40 多万吨。政府对钟顺和的工厂予以贴息补助，每收 1 吨禽畜粪便，补助清运费 40 元。政府一年还补助 1 000 多万元，用于购买农民的牛粪。孔海南说，治理洱海污染，钱都要用若干个亿来计算，相比之下，这些钱花得很值。政策到位后，为湖滩上的一堆牛粪还产生过这样的纠纷："这是我们家牛拉的屎，你不能收走。"喜洲镇金河村村民段汝作养了 12 头牛，每天去牛粪收集站卖牛粪，1 吨牛粪卖 80 元，一个月可挣 1 000 多元。

　　对收集后的动物粪便，工厂根据中国农业科学院专家提供的配方，制成多种专用的复合有机肥料，例如烟草专用肥、沱茶专用肥、花卉专用肥、葡萄专用肥、核桃专用肥、蔬菜专用肥、园林绿化有机肥等等。这些有机肥料绿色环保，不会造成环境污染，能较好提升种植作物的产量与品质。

　　钟顺和建立起一支销售团队，将他的有机肥远销到全国各地及东南亚各国。

　　在钟顺和开办的四个工厂中，其中有一个是中国农业科学院专家设计的 8 万吨测土配方有机肥料厂。农民可以根据土壤检测的结果，是什么土质就施什么有机肥料，从源头减少化肥使用。化肥用少了，雨季流入洱海的氮与磷也减少了。这一控磷减氮优化平衡施肥技术，在大理州实施面积达216.67万亩。倡导有机肥种田，扩大了洱海绿色食品的品质影响力。

牛粪造成的污染解决了，实现了畜禽粪便与土壤之间的良性循环。其实，我们的祖先就是这样种地的啊，将牛粪、羊粪、猪粪、鸡粪全部收集，堆肥发酵后，还给田园，增加土地肥力。现在，生产力大大发展，就用工厂化的办法，更高效率地让粪肥进工厂，精细再分类，送还给土壤，不污染湖泊，又美化环境，还保证了土壤不减肥力，永续利用。

钟顺和又建设起两座以农田秸秆、树枝树叶、死亡水草为原料的生物天然气加工厂，这也是朝阳产业。

还有不少像钟顺和这样的当地人都加入守护洱海的行列中，他们的决心和意志深深打动了孔海南。让这群朴实的百姓重新拥有干净的水源，这成为孔海南坚持推进洱海治理的又一动力。

对标瑞士苏黎世湖

在控制污染源的同时，孔海南开始设计治理方案。

他希望找到一个可以与大理对标的水生态环境先进城市。他在心里将全球的城市盘了一遍，选中了瑞士的苏黎世市。苏黎世市是全球公认的最适宜居住的城市之一。苏黎世湖，是全世界公认的治理得最好的"样板"湖泊之一。

苏黎世湖面积约 88 平方公里。

洱海面积约 252 平方公里。

苏黎世湖上游有一个梯级湖泊瓦伦湖，挖了一条人工运河林特河。上游瓦伦湖的清水，经过林特运河汇入苏黎世湖，一路无污染。

洱海上游也有一个梯级湖泊茈碧湖，流了 30 多公里，汇入洱海，一路流，一路污染，越到下游，污染越重。洱海上游罗时江、永安江、弥苴河这三条江河，从洱源县北部苍山源头流出来时，都是Ⅰ类水、Ⅱ类水，是清水净水，到了下游洱海入湖口，就成了Ⅴ类水、劣Ⅴ类水。

苏黎世养奶牛。

洱海也养奶牛。

苏黎世的奶酪很有名。酒店里，早餐有各种乳酪自取，饭店里，烤土豆蘸着乳酪吃，食客很多。

大理的奶酪——烤乳扇也很好吃。民谚称：云南十八怪，牛奶做成片片卖。大理古城里，满街都是卖烤乳扇的小店。

为什么苏黎世湖边养奶牛不污染湖泊？

为什么洱海边养奶牛会污染湖泊？

这些问题，孔海南都需要调查明白，他要找到答案。

他乘飞机到苏黎世，住在临近郊区的小旅店里。早上吃过早饭，他就出发去苏黎世郊区农民的牧场查看。他迈开双腿走路，自嘲是乘"11 路公共汽车"。

孔海南来到一个牧场。四周围栏围起来的一片草场上，一群黑白色的奶牛在绿茵茵的草地上埋头吃草，草场四周用铁丝网围住。这是一种活动范围有限的圈养方式。草场边上，建有 4 间牛棚，牧场上放着许多一圈一圈滚成的圆柱形牧草圈圈，那是奶牛过冬吃的牧草。牧场上竖着一个水塔，供人与牛饮水。宽敞的场院上，建有一个很大的直径 20 米以上的黑色装配式密封圆罐，外观像一个大煤气储存罐。这是干什么用的？孔海南站着观察，看了一会儿，再询问一下，明白了。这是一个牛粪发酵罐。农民将从牧场里收集来的牛粪倒进管道，然后管道自动将牛粪送进黑色发酵大罐内发酵。牛粪在这里存放一年左右，熟化后就是牧场的上好基肥。原来这就是苏黎世湖边农民养奶牛不污染湖水的秘密，他们的牛粪不进入湖中，而是完成一个自然循环：牧草养奶牛，牛粪养牧草，人呢，喝牛奶，吃奶酪。

孔海南继续沿着林特运河走，边走边看。沿途有的农民不养奶牛，而是种葡萄。酿酒产生的酒糟，也用管道送进圆形的黑色发酵大罐，制成葡萄园里的肥料。他

◀ 苏黎世湖流域草场上的牧草圈

◀ 苏黎世湖流域使用的牛粪发酵罐

看到，牧场与农田中每隔一段，就有一条小沟渠，流向林特运河边。小沟渠中的水是黑灰色的污水，是牧场与农田受到污染的尾水，富含氮与磷。但是，这股黑灰水不进入林特运河，而是在林特运河边上另外挖了一条人工沟，与清清的林特运河并行，往下游流动。污水会流进山脚下一个小小的污水处理厂，经过处理后出来，再沿着沟渠，流向一个通向林特运河的闸门，闸门装有衡量水质与水量的仪器，当入河水质超标时，便可以依据水质水量计算罚款数字。小小的污水处理厂建了多个，一般一个小镇会建一个污水处理厂。孔海南发现，有些牧场与农田排出来的污水，会进入一个从农田中隔出来的生态塘库，慢慢自然净化，不进入林特运河，这个生态塘水是黑色的。孔海南也看到，有些污水从沟渠中直接流向通往林特河的闸门，进入林特运河。他估量，可能是排污水的农民，觉得交罚款合算，选择交罚款。好在，只是一点儿污水进入林特河，不会影响林特运河总体上的清水品质。

清清的林特运河流啊流，流了几十公里后，流进了苏黎世湖，湖里有很多游艇。湖边有天鹅在嬉水，游客趴在湖边逗天鹅、喂天鹅。

苏黎世湖边，建了游泳池与水上乐园。游客与市民，可以下水游泳，在水上乐园游玩。湖边的青青草地上，好多游客趴在草地上晒太阳。湖上还建有一座步行桥，供游客走上去观看美景。湖边，更建有一栋栋乡村旅馆，阳台上开满鲜花。这是一种很受欢迎的乡村旅游模式，苏黎世的旅游产业很发达。

孔海南考察完苏黎世湖流域及林特运河，提出要将洱海与世界上水生态环境最先进的苏黎世湖对标，但团队产生不同意见：大理洱海是欠发达地区，大理州11个县中有9个国家级贫困县和2个省级贫困县，怎么与瑞士苏黎世湖对标？孔海南胸有成竹地说："我心中有数。"

"罗时江方案"

到瑞士苏黎世湖考察 7 天，孔海南看明白了，也想清楚了罗时江的治理方案。

罗时江流域内只有一个邓川镇的集镇，其余全是农田与村庄，流域面积约 75 平方公里。罗时江的源头在苍山北部的洱源县，源头的水是很干净的。在苍山脚下的绿玉池里，水质是 I 类水至 II 类水，途经一片农田，再流到小西湖，已变成 III 类水。小西湖湖面 4.6 平方公里，位于右所镇西面佛钟山下，湖内有 7 个岛 6 个村，岛上住有 800 户农家。明代旅行家徐霞客到此游览后在《徐霞客游记》中评价："……有江南风景，而外有四山环翠，觉西子湖又反出其下也。"可见风光多么诱人！因了徐霞客的评价，此湖被称为小西湖。在明清时期，从小西湖摇船，可直抵南面的洱海历史文化名镇喜洲镇。

小西湖的 III 类水，一路流，一路汇入农田尾水，汇入村庄生活污水，到沙坪桥，已是 IV 类水，到罗时江口汇入洱海处，已是 V 类水至劣 V 类水。罗时江每年要流进洱海 4 000 万吨脏水，洱海的负担太重了。怎么才能让罗时江源头处的清水流到洱海时仍是清水呢？

洱海四周都是贫困地区，没有资金像苏黎世那样在每个小镇建一个污水处理厂。为此，孔海南团队设计了罗时江"4 000 万吨水全量清水入湖"方案——一个适合大理欠发达地区的低成本方案。

上游,以非工程治理的"生态保育"管理措施为主。河段只有 0.2—0.7 米深,属于浅河床,阳光可以直接照射到河底。河底的沉水植物通过光合作用可吸收水质中的氮与磷,吐出一个水泡接一个水泡的氧气。

中游,以"生态修复与经济结构调整"为主,适度做一点生态工程。农田里,种植污染小、收益高的经济作物。同时,孔海南在罗时江两岸设计了 4 公里生态截污沟,不让农田尾水、村庄生活污水进入罗时江,而是进入截污沟。在沟底,铺上生态砾石,砾石表面能形成生物膜,吸附、分解氮与磷。污水一边净化一边流向下游去,到了下游由强化湿地工程予以"生态工程"净化。

下游,以"控污与生态工程治理"为主。王欣泽设计了 2 公里"生态河岸与生态河床"样板工程,将木桩与泥土垒成生态堤岸,用一块块的混凝土镂空砌在河道两岸,中间的泥土可长出青草。2 公里以外的河岸,由当地政府承建。

孔海南团队设计了"浅层好氧生态河道",让罗时江上游的河水在流动过程中进行生态净化。在有高差、有自然动力的河道条件下,浅层河道与空气接触的水面面积较大,复氧效率高,全程具有净化功能,而且河底

◀ 罗时江上游河段 0.2—0.7
米水深，是以沉水植物为
主的生态保育河道

植物覆盖度高，底栖生物丰富，生态形
象好，污染物易于氧化，河泥少，水体清。
河道低水位，还有一个好处，腾出河道
上部空间，可以承接突然来临的大量雨
水或洪水。

　　罗时江下游由于沿途一路流进来的
农田尾水、生活污水已被污染成 V 类水，
与洱海交界处的水已恶化成劣 V 类水。

复氧指的是水体从水面吸
收空气中的氧，以补充被
污染物中好氧生物消耗溶
解的氧。

▶ 罗时江中游 4 公里生态截
污沟

▶ 罗时江下游带有生态堤岸
与河床的生态河流体系

怎么办？孔海南在想，他要让富含氮与
磷的劣Ⅴ类水净化后再入洱海。

在罗时江口沙坪桥，当地政府建有
一个水闸，可以升降河口水位。孔海
南将水闸水位提升一点，让闸外 1 500 亩
农田全部退为湿地。这些农田是侵占洱
海湿地围湖造田而成，退还给洱海理所

应当。在这片湿地的底部，王欣泽设计装填了自主开发的除磷填料，将人工湿地建成倒过来的锥子形，水深1米，里面设计成迷宫式水生植物墙。罗时江中游流来的污水，在水生植物墙里面来回折转，弯弯曲曲地缓慢地流，潜流处安装太阳能曝气管，间歇定期充氧，促水回流，反反复复地在湿地里转圈，就是要将污染物沉淀下来。湿地里种的沉水植物、挺水植物和浮叶植物，在阳光的照射下，能起到生态净化作用。

在湿地的上游，孔海南团队向农民租了30.5亩农田，建成半湿地，将中游4公里长、铺有生态砾石的截污沟里的劣 V 类水接进来——这些脏水只是生活污水、农田尾水、菜园里的肥料水，没有工业重金属，里面的氮与磷可以成为植物的营养物。半湿地里，种上药用植物香茶菜、观赏花卉美人蕉或水生蔬菜空心菜，红红绿

◀ 沙坪桥水闸

绿的植物，美化了景观，能吸引游客，卖了钱可补贴一点湿地维护经费。这样一来，截污沟里的农田尾水和生活污水，先流经 30.5 亩种着中药材、花卉、蔬菜的半湿地，再流进 1 500 亩迷宫式景观湿地。湿地容积约有 52 万立方米。晴天，江水可在此停留 10 天；雨天，江水可停留 3 天。流进来的时候，水质是 V 类水，流出去的时候是 IV 类水，这些 IV 类水再进入 0.75 平方公里面积的沙坪湾。沙坪湾也种满了沉水植物、挺水植物、浮叶植物，近 80% 的水域生长着密密的水生植物，起到了净化作用。罗时江水从沙坪湾汇入洱海时，处于 IV 类水与 III 类水的中间值，是清清亮亮的水了。

沙坪湾湿地面积达到 0.75 平方公里，是由中科院水生生物研究所刘永定研究员团队承担的。刘永定多年在德国、法国等欧洲国家学习与研究，在湖泊水生生态方面是当时国内的权威。他在沙坪湾湿地旁一家饭店建立了工作站，年逾花甲依然坚持驻守现场，对孔海南团队在水生态环境专业的短板给予许多指导。

30.5 亩花卉蔬菜半湿地，是孔海南团队为罗时江加的第一把锁；1 500 亩湿地，是第二把锁；沙坪湾湿地，是第三把锁。这三把锁，将罗时江中下游的污染物全都锁在河口之内，污染物不进洱海，洱海就干净了。

孔海南团队设计的治理罗时江的总体方案，综合借鉴了国际上最先进的治理湖泊河流污染的环保理念，是一种消化吸收后的再创新，是集成创新。

截污沟杜绝污水入河的工程设计，是受到苏黎世湖林特运河工程措施的启发，而湿地的设计则是受到日本霞浦湖治理相似工程案例的启示。由须藤教授领衔的日本国立环境研究所水环境部，在日本霞浦湖入湖口的湿地里种了很多的蔬菜、花卉，还用疏浚后挖出的淤泥建人工岛，在人工岛上造了一个由很多栋别墅构成的小镇，成为一个旅游景点。好多游人会走在木头栈道及木桥上，去看绿色蔬菜，看彩色花海，看建在人工岛上的小镇。

设计罗时江的浅层好氧生态河道的工程时，孔海南借鉴了日本京都鸭川工程设计。在全世界的浅层好氧生态河道工程中，日本京都鸭川做得最好。鸭川的两岸及

◀ 霞浦湖采用入湖河道低污染水经济类植物"水耕法"生态净化技术

浅水里，植物长得非常茂盛，污水中的氮与磷，成为植物的营养，好多的水鸟在河道中或站或走或飞寻找食物。

孔海南考察过许多湖泊河流，对世界上著名河流湖泊的治理方案做了大量研究，联系洱海作为高原湖泊的水生态实际，结合大理白族自治州全部是贫困县的实际情况，制订出罗时江小流域的治理方案。这个方案构建了一个适合中国西南高原地区湖泊治理的成套生态环保技术体系。

孔海南团队参与设计的 1 500 亩倒锥子型湿地，也成了当地的景观湿地，旅游团队常常会带游客来参观。这里一年四季水的透明度很高，水生植物鲜花盛开。在太阳当头照耀时，浮叶植物睡莲的花苞就会打开金黄色的花朵，迎接太阳的光照。色彩鲜艳的水鸟，或在水中

▶ 罗时江河口 1 500 亩沙坪
  桥湿地工程一角

游弋，或在展翅飞翔。湿地水中，有时会跃起一条大鱼。湿地管理人会撑起一条小船，带着游客，沿着弯弯曲曲的水流，在湿地中游览观光。

到了 2011 年 6 月雨季，孔海南团队治理罗时江整整 5 年之后，罗时江闸口外原来的 V 类水，透明度已达到 1.2 米，有不少游泳爱好者已在水里游起泳来了。到 10 月旱季，水的透明度达到 2 米，透明度更高了。沙坪湾水体透明度也达到 2 米，肉眼能见到湖底沉水植物的根部。水里，一根根水草都看得清清楚楚。

1 500 亩湿地里，长着很多品种的植物，沉水植物有微齿眼子菜、苦草、黑藻、金鱼藻，挺水植物有芦苇、茭草，浮叶植物有睡莲，水里养了许多鱼，引来牛背白鹭在水面飞翔觅食。水面游动着洱海优势种湿地鸟类白

◀ 2011 年 6 月，罗时江下游沙坪桥湿地植物生长良好

▶ 2008 年 6 月，罗时江水
　 质 Ⅴ 类状况

▶ 2011 年 8 月雨季，罗时
　 江入湖口出水水质较好

▶ 2011 年 8 月雨季，洱海
　 沙坪湾水质良好

▶ 2011 年 10 月旱季，洱海
　 沙坪湾水质良好

秋沙鸭、红头潜鸭、凤头潜鸭等。2011 年拍摄的卫星照片已显示出，罗时江江口水面已无明显的排污痕迹，而尚未实施工程治理的永安江、弥苴河河口仍有明显的排污痕迹。

在大理古城才村河段，孔海南团队设计了 0.3—0.5 米水深的浅河床，河底长满了沉水植物，河水很清，农民可以在河里洗菜。

在大理古城市内段，孔海南团队设计了 0.2—0.3 米深的浅河床。河底铺上生态砾石，生态砾石能吸附生物，长出生物膜，净化水质，使河段达到"水清岸绿，鱼翔浅底"的生态景象，景观效果很好。

在右所镇，王欣泽设计了一个两千吨污水处理厂，由政府承建。这是罗时江上唯一的一个小型污水处理厂。收集的村落生活污水进厂处理后，先进入一个强化型生态塘，塘底部装了除磷填料。水先沉淀，后出塘，出来就达到Ⅳ类水标准，往下游流动时又进一步净化。

农田尾水、农村生活污水收集后，或进入污水厂处理，或进入生态塘净化，或在浅河道中净化，最后经孔海南团队设计的"三把锁"净化，汇入洱海时，基本上达到Ⅲ类水标准了。

更令人兴奋的是，人工种植的海菜花在罗时江下游沙坪桥湿地里存活了！

▶ 大理古城才村河段以沉水
　植物为主的生态河道

▶ 大理古城市内河段以生态
　砾石为主的湿地河道

共筑洱海的有力防线

　　大家都没有料到，罗时江治理效果会如此之好。消息很快传遍了当地的村庄，孔海南的团队也与村民熟稔起来。

　　很多村民不知道孔海南的名字，都喊他"白头发"。

大理镇才村村民赵学旺是数十万伴着苍山洱海长大的大理人之一。2006年以后，他经常看到这位满头白发的教授在村里的河道做调查、测量、采样。2008年，洱海项目为建浅河床河道，在才村附近设立了一个工作点。孔海南到才村的次数就更多了。赵学旺喜欢找"白头发"聊天，聊大理风情、白族故事。孔海南请教赵学旺，白族姑娘出嫁时，丈夫会将妻子头饰上的流苏剪去一大半，这意味着什么？赵学旺说，这是表明拥有权，"我拥有你，你拥有我"。赵学旺告诉孔海南：白族姑娘的头饰上，飘动的流苏意为"下关的风"，头饰上方白色的花意为"苍山的雪"，头饰中间的彩色花卉意为"上关的花"，头饰半月形的形状意为"洱海的月"。这样，白族姑娘的头饰上就有着大理"风花雪月"四种美景。

孔海南听了，从口袋里取出一张照片，让赵学旺看看。照片上，孔海南站在苍山脚下，那一头白发上面，正好是苍山从山顶延续到山腰的白雪。白发与白雪，相映成趣，赵学旺看了哈哈大笑。

赵学旺总是担心这个忙碌的海归大专家，他吃得那么少，营养够吗？一碰上吃饭时间，赵学旺就会向孔海南发出"命令"："到我家吃饭！不是专门为你准备的哦。家里吃啥，你就跟着吃啥吧。"赵学旺细心观察到："白头发"食量小，吃得很清淡，吃荤腥少，吃蔬菜多。有时候，他会送给孔海南一些洱海鲫鱼，让他补补身体，增加营养。

尚榆民看到老朋友孔海南工作繁重，虽是一位大专家，却为获得第一手资料天天盯在现场，黑夜连着白天干。有一次他亲眼看到孔海南晕倒在施工现场。为了让孔老师改善伙食增加营养，尚榆民常常去给孔海南团队送米送肉送蔬菜。

孔海南总是独自去现场考察，有时乘拖拉机，有时坐小马车，有几次被尚榆民撞见，把他吓了一跳。他去找大理州水专项办公室主任刘滨说："孔老师年纪大了，他去调查我们要跟着去呀，不能让他发生危险。"

对于治水来说，要做出合理的规划，没有扎实的现场调查是不可能的。洱海项目有一条规定：第一负责人每年至少在现场驻守200天。作为总协调人，孔海南遵守规定，在"十一五"规划期间每年在洱海边住了200多天。除了负责由上海交大承担的罗时江流域综合治理课题的设计与示范工程，孔海南作为洱海项目的首席科学家，他按照国家水专项办公室领导的要求，听取云南省、大理州相关领导以及大理州水专项办公室的指挥，协调好17个参加单位与国家、省、州三级财政部门按期拨款相关事务，协调好近400多个科技人员所各自承担的课题、子课题、子子课题之间的相互交叉的研究关系，让大家心往一处想，劲往一处使，通力合作，日夜相继地工作，与洱海为伴。

孔海南认识到，上海交大的团队只是做了一部分工作而已。在水专项洱海项目中，中国环境科学研究院、中国科学院水生生物研究所、中国农业科学研究院、华中师范大学、北京科技大学、昆明理工大学等单位承担了大部分的科研相关工作。

时任上海交大副校长、环境科学与工程学院院长吴旦说："孔老师虽年逾半百，重疾在身，仍不顾环境艰苦，心系洱海，坚守一线，这种精神让人感动。在孔老师身上，体现了一位学者对社会、对人类的襟怀和担当。"

孔海南认为"治水人"一定要坚守在现场，无论是前期的考察还是后期的实施阶段，项目负责人、研究人员都要盯在现场。

◀ 孔海南与学生在洱海

　　上海交大环境科学与工程学院首席研究员王欣泽说："孔老师除了去北京和国外参加重要的项目和学术会议，他几乎所有的时间都在大理，在洱海边。在学校有课的时候，他也是每周在上海和大理之间往返。他每年至少有 8 个月坚守在大理洱海研究和示范现场，最多时一年有 300 多天待在大理。"

　　有一次，一位教授没到现场，被孔海南严肃批评："我是负责人，我每次都到现场。你不到现场是不对的，要改。"

　　坚守洱海的孔海南有时无法回上海指导学生，他的学生就会到洱海来。学生尚晓的博士论文，就是在洱海工作站做出来的。孔海南在治理罗时江流域的同时，带出了郑向勇、尚晓两个博士。

　　在团队的努力下，从 2006 年至 2011 年，罗时江流

▶ 孔海南与团队成员在洱海
　水专项基地

域综合治理工程顺利完成。这个工程将罗时江流域改造
了一遍，实现了孔海南设计时的初衷：全年 4 000 万吨
清水流入洱海。

在这五年时间内，孔海南作为洱海项目的首席科学
家，除了带领团队完成罗时江小流域的治理，还参与制
订了流入洱海几十条主要河道的十年治理规划方案，包
括洱海北部的罗时江、永安江、弥苴河这三条带来洱海
主要污染的河道，以及苍山十八溪、东部的三条河和南
部的六条河，几乎覆盖洱海全流域。

孔海南团队完成的罗时江水生态环境工程，是一个
治理富营养化初期的湖泊比较有效的技术体系。在我国
西部、西南部等经济欠发达地区，这样的湖泊有 1 000
多个，与东部沿海经济发达地区湖泊相比，其水质恶化
的程度稍轻，污染时间稍晚，但生态承受能力也较弱。

◀ 孔海南带领团队在洱海流
域采集水样

罗时江小流域的治理技术体系，采用污染源控制技术，以及河道生态保育、修复技术，配合相对廉价又易于管理的生态工程技术，简单易操作。一个当地的农民稍加培训就能管理好相应片区。这对治理中国西部、西南部初期富营养化湖泊，具有示范意义。

不过，洱海治理不只是单纯的技术性问题，而是一个整体性、系统性工程。为此，孔海南团队总结了这样的思路：治湖先治河，治河先治污，治污先截污，截污先治官（观）（官员与观念）。这是深深扎根在洱海治理实践中的经验之谈。

洱海治理的经验成果开始走出研究站，走出大理，为更多湖泊的治理提供借鉴和参考。

"湖泊治理保护的生态样本"

洱海项目7个课题中6个验收完毕后，国家发改委、科技部、环保部三部委专家组提出了书面意见。

书面意见说，洱海是富营养化初期湖泊，其治理已初见成效，在全国有重要典型性，建议加大科技力量投入和经验总结；要注重控制农业面源污染；现阶段水质目标要恰如其分，主体为Ⅲ类水，局部为Ⅳ类水为宜。

中央电视台《"十一五"重大科技成果巡礼》栏目，在 2012 年 3 月 22 日晚上 7 时《新闻联播》节目中，将上海交大牵头、孔海南为首席科学家的洱海项目，作为水专项 33 个项目中的唯一代表，作为重大科技成果做了重点报道。

2012 年 9 月 24 日，云南省九大高原湖泊水污染综合防治领导小组暨洱海保护工作会议在大理州召开。时任云南省省长要求滇池、抚仙湖等高原湖泊学习洱海治理模式，并与昆明、玉溪、大理、丽江、红河五个市、州政府及云南省九大高原湖泊水污染综合防治领导小组签订目标责任书（2011—2015 年），将洱海治理经验复制推广到云南全省的高原湖泊。

9 月 25 日《云南日报》发表了《守护好"大地的眼睛"》专题整版报道。报道说，大理州把洱海保护治理放在重中之重的位置，科学规划、重拳治污、创新机制，使洱海这颗高原明珠闪烁出靓丽的风采。洱海保护成为

◀ 2012 年，云南省九大高原湖泊水污染综合防治领导小组会议暨洱海保护工作会议在大理召开

全国湖泊保护的一面旗帜。报道说，2012 年 5 月，中共中央政治局常委、国务院副总理李克强对大理州通过减源、截污、修复、再利用等举措遏制洱海水质恶化的做法给予充分肯定，明确批示"控制农村面源污染使洱海重现一泓清水，相关经验注意总结，以资借鉴"。

2012 年 11 月 28 日《人民日报》刊登全国人大环境与资源保护委员会主任委员汪光焘撰写的《湖泊治理保护的生态样本——关于洱海面源污染防治情况的调研报告》。报告充分肯定洱海治理成效：

洱海的经验告诉我们，大理作为一个发展中地区，经济条件一般，科技实力相对落后，一样能将洱海治理好。各地区、各有关部门和单位只要能够真正提高认识，增强责任感和紧迫感，把面源污染防治工作摆上重要议事日程，

▶ 2012 年 11 月 28 日《人民日报》第 12 版对洱海治理的报道

加强组织领导，完善政策措施，落实目标责任，特别是增加资金投入，加强能力建设，提高科技支撑，面源污染防治工作就一定能取得实际成效。

同时，汪光焘的调研报告实事求是地指出，洱海治理任重道远：

应该看到，洱海的水质得到改善，但原有的水生生态系统还处于退休（化）期，尚没有完全恢复。自上世纪70年代至今，洱海的水生生态环境已发生了很大的变化，原有的生物群落结构遭受破坏。浮游植物种类减少，多样性下降；浮游动物数量剧烈波动，总体呈现下降趋势，呈现小型化，生物量的减少使藻类水华风险加大；沉水植被退化严重，面积萎缩，群落结构简单化。相对于水质的改善，生态系统的恢复将是时间更长、任务更加艰巨的工作。

治理湖泊富营养化要打"持久战"，这是孔海南一直以来坚持的观点。在这马拉松一样的过程中，每一步都迈得十分艰难，但每一个好消息都让人振奋。

2013年5月，刘滨开心地告诉孔海南：农民在洱海捕到了黄壳鲤鱼，这种鱼在洱海消失有些年头了，还发现一种国家二级保护动物灰鹤飞到洱海来了。这是洱海水生态环境改善的信号啊！

洱海治理继续前进。"十一五"期间罗时江小流域治理的成套技术支撑了水专项洱海项目在"十二五"期间的启动实施。

洱海流域 11 个村开发的村镇级沿湖沿河种植养殖污染、农村生活污水收集处理技术，扩展到洱海 200 座村落，建设起污水收集处理系统工程（洱海流域共有 517 个村庄）。

大理州将罗时江流域 4 000 万吨清水入湖河道控污技术扩展到永安江、凤羽河、波罗江流域，形成更大规模的"亿方清水入湖"工程，实施洱海流域主要入湖河道综合整治，及苍山十八溪生态环境保护，开展对重点湖湾、主要入湖河口的清淤疏浚；调整优化流域土地利用规划，实施流域种植养殖业结构优化调整。

以孔海南为首席科学家的洱海罗时江流域治理成果，被列为水专项"十一五"期间的标志性成果之一，形成专利技术数十项，获 2014 年云南省科技进步奖一等奖。

2014 年 5 月的一天，孔海南接到了一个特别的邀请，与上海交大的校领导一同到江泽民学长家做客。孔海南一进门，看到江泽民戴着黑色方框眼镜，穿着深蓝色的两用衫，里面穿一件湖蓝色衬衣，头发梳得整整齐齐，已经站在客厅里等待大家。

孔海南做了一个 15 分钟的 PPT，打印成纸质版，汇报了团队开展水专项洱海项目的初步成果。江泽民对孔海南带去的 PPT 很感兴趣，不时用手指前后翻动，边看边问，还仔细询问湖泊富营养化藻华暴发的原因，并叮嘱孔海南说："你们辛苦了！一定要注意师生安全，代我向团队的各位老师同学问好。"等孔海南汇报完毕，江泽民说："你的 PPT 请留下来，让我慢慢学习，如果有什么不懂的地方，再向孔老师请教。"

知道孔海南的健康问题后，江泽民在晚饭时特意端了一个红酒杯，走到孔海南身边："孔老师，你的心脏不好，可以稍微喝一点红酒，对身体有好处。"

告别时，88 岁的江泽民学长紧紧握住孔海南的手说："孔老师，加油，洱海会好的。"

洱海治理的前景呈现出光明的曙色，但在前方等待孔海南的，还有更多的挑战。

孔海南的"心"事

在同事和学生的眼中，这位年过半百的教授有着异于同龄人的旺盛精力。

上海交大环境科学与工程学院教授申哲民说："在洱海工作的那段时间，我亲眼看到孔教授每天忘我地工作，他十分清楚洱海周边的环境情况，总是亲临现场，制订各种方案。在洱海工作结束后，我与孔老师一起回上海。回程的飞机上，孔老师仍在电脑上编写洱海项目材料。回到上海，孔老师又马上赶到学校给学生上课，上完课后又马不停蹄赶回洱海。"

孔海南知道，从事野外环境工作，体力极为重要。

治水这个职业，几乎天天要跋山涉水，查看水情。这让孔海南养成一个习惯：日行三万步。一万步大约六公里，三万步就是十八公里，孔海南每天都要走三万余步，有时是三万五千步，有时是三万六千步，那就是日行二十公里。一天不走，浑身难受。

孔海南晚上十点半睡觉，早上四点半起床，五点开

▲ 孔海南在考察途中

始走路。他家里配了走步机，每天早上，一边看电视早新闻，一边走路，早上走三个半小时，约两万步。晚上看电视剧，看足球比赛，也是一边看一边走。有时在走步机上走，有时在地面上走一种他自己发明的十字交叉秧歌步，原地来回走。

他常常出差，逢下雨天，他就在宾馆房间里走，在宾馆走廊里走。晴天，他在马路人行道上走，在公园里走，在河湖边走。步履不停地走，每天三万步，孔海南连续走了十多年。

他的学生、同是洱海治水人的沈剑博士说："孔老师围着一张桌子都能走一万步。"

孔海南患有严重的糖尿病，吃药已吃到最高剂量，只能用走路来降低身体里的血糖含量。走路对他来说，除了可以增强野外工作的体力，也是一种健身的方式。

"我怕我突然倒下。如果不是每天坚持走路，我就会失去水环境专家必须具备的体力，我就无法工作了。"孔海南说，"我最害怕的，就是失去野外工作能力。"

治理罗时江时，孔海南靠的就是他日行3万余步的基本功。

尽管孔海南很注意锻炼身体，但是，遗传的心脏病却困扰了孔海南很多年，经常不经意间使孔海南不得不"躺平"。

2011 年至 2013 年，是罗时江流域治理工程的验收阶段，其 7 个课题及项目先后进入结题验收阶段。这是孔海南 2006 年驻扎洱海后工作最繁忙的阶段，给他的心脏压上了过重的负担。2006 年至 2010 年，他的心脏病春夏两季大约每月发作一次。2011 年到 2013 年，发展到每周要发作一次。每次发病时，他要躺在床上 2 天左右，才敢下床活动。

洱海项目的主要课题结题验收之后，孔海南病重，紧急回到上海住进医院。

在医院，他被挂上了监视仪。奇怪，心脏很安逸，跳得很有规律。查不出原因，不能动手术。医生让他爬 18 层楼，他爬上去，又爬下来，心脏依旧稳健，没有乱跳。孔海南很失望，直埋怨心脏不听话，不该乱跳的时候，乱跳一气，应该乱跳的时候，倒是不肯乱跳了。怏怏不乐，出院回家。

回家第二天，心脏又开始乱跳，视野缩小，意识消失，他马上就地躺下，他的妻子赶紧叫上救护车把他送往附近的医院。心电图一查，终于捕捉到了病源。

孔海南手持心电图报告再去医院，医生一看，就说："左心房、右心房都有问题，风险很大，需要马上住院，尽快手术。"

第二天，孔海南就上了手术台。

射频消融术是一种先进的微创手术，只需局部麻醉病人。医生面对一台电脑，将一根细细的鞘管置入左侧颈动脉，并将导丝送入心房内。医生为观察孔海南的精神状态，边在电脑上做手术，边与他聊天。孔海南躺在手术台上看电脑看得很清楚，医生操作加药，刺激心脏发生房颤。"孔老师，你看，房颤了。"医生边说边操作激光刀，孔海南感觉心脏被大锤子重重敲了一记。医生再加药，再发生房颤，心脏又被大锤子重重击打一次。顿时，孔海南晕过去了，昏迷一瞬间，听到护士大叫："心脏停跳！"

"砰！砰！砰！"孔海南感觉到一把大锤子一下一下敲打自己，他醒过来了，看见医生用心脏起搏器在电击自己的胸膛。医生说："孔老师，今天手术不能做了。很遗憾，心跳有问题，再观察观察吧。"

未完成的手术，用去一个小时，下了手术台，孔海南心脏不停乱跳，他感到极为难受。

三天之后，医生为孔海南做心脏检查，看着检查报告说："孔老师，你的指标根本出不了院，要么，再做一次手术吧。"

第二次手术比较顺利，激光刀将诱发心律失常的13处迷走神经异常增长部分切断了。一周后，孔海南出院了。

手术后，孔海南的心理负担减轻了大半。

孔海南很感恩这位医术高超的医生，手术后迄今，他的心脏虽然还是常常心律失常，但视野缩小、意识消失、濒死的感觉，再没有发生过。

《一定要把洱海保护好》（赵渝 摄）

第四章 · 『一定要把洱海保护好』

跟随孔海南的步伐，以王欣泽为代表的科研人员不断传递"治水"的接力棒，几乎把家安在了洱海边。通过省校合作打造的平台，科研队伍与当地民众默契配合，让守护洱海的队伍越来越壮大。

把论文写在祖国大地上

2014 年，"十二五"水专项洱海项目即将启动。孔海南再次被任命为该项目的首席科学家。

手术后，孔海南被主治医生一再警告："你的身体状况不允许你继续待在一线工作。"虽然孔海南坚持留在大理，但为了项目顺利进展，他提出请王欣泽担任项目实际负责人。

经过一番历练，王欣泽已经能够承担洱海团队负责人的工作。为了扛好这个担子，他一年有 300 多天待在大理。日日奔波在洱海畔，王欣泽对大理州各条道路之熟悉程度，几乎已超过当地的出租车司机。除了回学校开会，他偶尔才回上海看看妻女。此时，王欣泽的女儿已回到上海交通大学附属小学读二年级，他的妻子为了照看女儿，也回到上海交大医学院工作。

"我不喜欢别人把我说得太苦情，或者说我牺牲太大了。"王欣泽说:"在上海我住在番禺路,从番禺路开车到上海交大闵行校区,来回要 2 到 3 个小时,路上浪费的时间太多了。我从大理回上海,空中飞行 3 小时,路上坐车 1 小时。我在大理上班,平时住的宿舍就在研究院旁边,比在上海节省时间。上海的年轻人早出晚归,花在交通上的时间很长,我不比这些上海的年轻人更苦。而且,孔老师把我们带到大理,他身先士卒,长期在一线工作,我要向孔老师学习。"

王欣泽延续了孔海南在罗时江流域的技术理念,即以生态保育与生态治理为主,实现对区域水体环境的综合治理。"十二五"期间,洱海项目主治河流是洱海北部三条河道中另一条河道永安江,其污染占洱海污染的 20%,有 5 个课题。这时,技术已成熟,生态工程的规模扩大了,治理罗时江流域所建设的人工湿地是 1 500 亩,到治理永安江时,在洱源县政府的支持下,人工湿地规模扩大到 8 000 亩,湿地面积大大增加后,对水质的净化效果更好了。罗时江沙坪桥人工湿地直接建在河床上,是"串联式"湿地,而永安江的大树营人工湿地是"并联式"湿地,即让永安江水绕进与永安江并行的人工湿地,又绕出湿地重回永安江,为的是让水里的污染物沉淀下来。湿地里除了种植吸附污染的植物,还培育了水芹菜、空心菜等蔬菜,在增强净化效果的同时带

◀ 王欣泽（左二）在洱海
调研

来经济收益，除低人工湿地的运营成本。到了永安江进入洱海的入湖口，江水就是Ⅱ类水了。再加上大理州地方政府配套工程，洱海周边的人工湿地规模达到3万亩之多。

2019年，王欣泽被授予"大理最美环保人"称号，同时入选大理州首批"苍洱霞光"人才计划；2021年，他在全国脱贫攻坚总结表彰大会上荣获"全国脱贫攻坚先进个人"称号。

王欣泽的实践与动手能力很强，会做工程，会带学生，一直深耕一线。由于项目在"十一五"阶段的保密需要，王欣泽的研究成果不能以论文形式发表。2009年、2010年连续两年，王欣泽申报研究员职称时，他所发表的论文成果数量很少。尽管孔海南努力推荐、王欣泽认真答辩，但两次申报均未通过环境学院"教授会议"的评审，没有获得参加学校内下一环节评审的资格。到了2011年，王欣泽再次申报，仍然未能通过环境学院的"教授会议"评审会。根据王欣泽工作实绩，经孔海南强烈推荐，环境学院领导班子讨论后决定：依据学校职称评聘条例，首次使用"院长特别推荐权"，直接向学校推荐王欣泽参加学校的评委答辩。

同时，孔海南也找到时任上海交大校长张杰寻求支持。张杰向孔海南详细问明情况后，在学校的评委答辩时做了专门说明："王欣泽申报研究员的材料，我认真研究过。他与孔老师一样，都是将学术论文写在我国治水实践中的优秀学者。他们的学术贡献，应该以解决国家经济社会发展中遇到的瓶颈科技困难来评判。"

经过几次波折，王欣泽终于晋升为研究员。随着"破五唯"（破除"唯论文、唯帽子、唯职称、唯学历、唯奖项"的弊端）呼声越来越高，上海交大等多所高校改革传统评价体系，力求为王欣泽这样的学者、人才提供发展机会。

2016年5月30日，习近平总书记在全国科技创新大会、中国科学院第十八次院士大会、中国工程院第十三次院士大会和中国科学技术协会第九次全国代表大会上说："科学研究既要追求知识和真理，也要服务于经济社会发展和广大人民群众。广大科技工作者要把论文写在祖国的大地上，把科技成果应用在实现现代化的伟大事业中。"

在科学研究中，把论文发表在世界顶级的杂志上是研究成果的重要体现。但对于环境工程这类应用学科来说，生态环境修复治湖工程就是写在祖国大地上的论文，和发表在杂志上的论文一样也是研究成果的一种。

"杰哥"来访

2012年春节假期，上海交大的沙坪湾工作站里还有几位驻守的学生。正忙着准备晚饭的时候，他们听见了敲门的声音。

门一打开，他们看见一位戴着鸭舌帽与太阳眼镜的来客。

"这人怎么有点像我们张校长。"

"他就是张校长。"

听见两位学生的对话，张杰笑着说："过年还留在这里，辛苦你们了！可以让我一块吃饭吗？"

张校长的看望让留守在当地过年的学生感到心里暖暖的。这位校长因为风趣又亲切，被学生们称为"杰哥"。

张杰校长自2006年担任上海交大校长，任期长达11年。在任期间，他始终重视科研团队建设与科学理念传播。

孔海南团队承担的洱海项目，是张杰校长格外重视的。淡水资源是我国重要且紧缺的资源。为洱海治理提供支持，是高校的责任与担当，也是实现科教使命与理想的一种寄托。2011年，孔海南获得"上海交通大学校长奖"。颁奖词写道："心怀使命，坚持、务实，扎根一线，十年磨一剑，只为还洱海一个皎洁的明月，祖国的一片碧水蓝天。"

2012年起，根据教育部定点联系滇西边境山区工作总体方案的要求，上海交大定点帮扶云南省大理州洱源县。为了帮助洱源县摘掉贫困帽子，学校党委常委会提出"扶智为主，全力而为"的工作原则，对接洱源人才、科技、教育、产业、医疗、生态六方面发展需求，由分管副校长牵头负责、主办部门组织推进，与在洱源的挂职干部互相配合，派驻团队到洱海去。2013年，上海交大获国务院"全国对口扶贫先进单位"称号。

跟随孔海南的足迹，一队队师生奔赴到洱海边。当地村民记住了一个个原本陌生的面孔。2018年，以孔海南为首的上海交通大学湖泊富营养化治理教师团队获评首批"全国高校黄大年式教师团队"。

而这一回"暗访"，原来是张杰利用寒假时间到洱海来考察。

张杰住在洱海边上的喜洲古镇，在洱源县、宾川县等地调研了 5 天，了解洱海保护的现状。

喜洲古镇附近万花溪的入湖口，泥沙冲刷出一个伸进洱海的半岛，名为海舌。张杰发现，这个风景优美的海舌半岛，上面的厕所没有收集、处理粪尿的系统，排泄物进入洱海，将会成为一个污染源。他又来到种紫皮大蒜的田头，与农民聊天，询问雨季来临的时候，有多少化肥会冲进洱海。他估算了一下，土壤里残留的化肥，约有95% 可能随雨水流进洱海，这又是一个污染源。他去看农民散养的奶牛，牛粪、牛尿都落在湖滩地上，这也是污染源。尤其让张杰印象深刻的，是洱源县的贫困状况。他回校后向校常委会建议，选派相关专业的教授担任学校对口支援洱源县脱贫工作的挂职副县长。

一番考察后，张杰认为：光靠孔海南团队进行生态保护，是被动保护，应该走出一条主动保护环境的路子，产业转型才是主动保护。洱海流域要"发展循环农业，发展第三产业"。农业要发展产值高、污染少的有机生态农作物。像苹果树、葡萄藤等，只能施农家肥，施化肥是适得其反。旅游业是"没有烟囱的产业"，建议重点发展。具体说来，农业要向循环农业、低污染与高附加值优化，第三产业调整转化；旅游等第三产业要向休闲度假、会展业优化。

张杰写了一封建议信给分管环保的时任国务院副总

▶ 2012 年，张杰在洱海考察

理李克强。李克强将信转给云南省省长。云南省高度重视，主动与上海交大沟通，研究、推进省校合作。

省校合作打造更高平台

2014 年 4 月 24 日，上海交大云南（大理）研究院成立。由大理州政府、云南省科技厅、上海交通大学三方共建的上海交通大学云南（大理）研究院以洱海保护为核心，面向高原湖泊生态保护治理，兼顾高原特色农业、网络信息安全等领域发展，推动政产学研融合。研究院的成立标志着洱海治理进入省校合作阶段。研究院依托上海交通大学科研实力，紧扣地方需求，吸收多方专业技术人员，对省校合作起到了重要的桥梁与纽带作用。

研究院在治理洱海方面有三项任务。

一是要获取、分析、监测洱海湖区及主要入湖河流

143

◀ 上海交通大学云南（大理）
研究院大楼（2018—2021
年使用）

的一手生态环境数据，梳理出当下洱海治理面临的主要
环境问题，承担起洱海流域与湖泊主体水环境质量分析
与评估工作；针对湖区的 19 条垂线 38 个监测点位和流
域内入湖河流（含重要沟渠）的 62 个监测断面，开展
大量现场取样和分析；参与大理州政府洱海保护治理及
流域转型发展指挥部对水质研判与保护治理决策分析工
作；积累生态环境大数据，为科学决策提供支撑，帮助
政府解决"洱海说得清"问题。

二是要研发出以污水处理和人工湿地修复为核心
的、符合洱海治理需求的多项实用技术，并进行工程示
范。为解决洱海流域的面源污染问题、入湖河流的水质

▶ 上海交通大学云南（大理）
研究院揭牌仪式

▶ 2014 年 4 月，张杰一行
在洱海基地

　　问题和重点湖湾的生态修复问题提供技术支撑，丰富洱海流域的环境技术储备，协助解决好"洱海怎么治"问题。

　　三是发挥专业优势，在现场、党校、专业培训会场、新闻媒体上以讲解、讲座等多种形式进行科普宣传、专家答疑；举办洱海治理技术培训、向社会告知洱海水质情况、治理周期，提高公众对洱海保护治理工作的认识；动员全社会力量参与洱海保护治理，帮助解决"洱海谁来治"的问题。

每周一，王欣泽带着研究院的人，穿上实验服，乘着租来的船只，在洱海各个监测点位取水装瓶，带回实验室，在显微镜下观测。哪个湖湾藻华增多，他们当晚就向政府报告，在那个湖湾灭藻。

2014年9—10月，洱海暴发了两次范围较广且持续两三天的蓝藻聚集，王欣泽率人第一时间奔赴藻华现场，配合地方政府组织开展若干次藻情分析研讨会议，通过对照类似湖泊藻华情况，分析洱海新的水质与藻种数据，根据洱海流域近期藻华的发展趋势，提出了控制藻华的对策方案。这些操作性强、具体且中肯的应对策略，为地方政府及时有效解决藻华，提供了重要的专业支撑。

凡是大理州政府决定要做的污水处理、人工湿地等工程，研究院都会先做一段示范工程。大理州政府再从社会招标环保公司按照示范工程接着做，这就保证了工程质量。大理研究院院长助理封吉猛是王欣泽带出来的博士生。王欣泽忙不过来时，他会去分挑重担。他与团队在洱海的湖湾做了6段示范工程。

大理研究院联合多所大学、科研机构、设计院，参与确定洱海流域水质及生态改善的总体战略技术路线，参与编制大理州政府中长期规划《云南洱海绿色流域建设与水污染防治规划》和近期规划《云南洱海流域水污染综合防治"十二五"规划》，协助大理州修订《大理

采访封吉猛节选

白族自治州洱海管理条例》等多项地方性法规条例。

在上海交大云南（大理）研究院成立八个多月后，2015 年 1 月 20 日，习近平总书记来到洱海边的湾桥镇古生村了解洱海生态保护现状。习近平总书记说，经济要发展，但不能以破坏生态环境为代价。生态环境保护是一个长期任务，要久久为功。

他走进古生村村民李德昌家。这户白族家庭的小院里种了石榴树、白玉兰、松树、梨树、大富贵树、榕树、铁树，长得郁郁葱葱，茶花、三角梅开得一片绚丽。习近平总书记一进来，就走到耳房处的厨房门口问李德昌："你们在哪里做饭？"他走进厨房，掀开柴火灶上的锅盖，问道："你们平时用不用柴火烧饭？"李德昌回答："这个柴火灶不太用了，柴火灶烧的饭香，朋友来时才用一下，平时用液化灶或电磁炉做饭，又环保又省钱。"习近平总书记赞许地说："环保好。"他走到堂屋前看着雕花的两扇大门说："这个门的做工精致，很好。"

习近平总书记从堂屋里出来，坐在小院里铺着白族蓝色扎染布的桌子前，同乡亲们围坐一起，拉家常、聊民情、谈生产、问生计、论发展、说保护、话乡愁。他深情地说："这里环境整洁，又保持着古朴形态，这样的庭院比西式洋房好，记得住乡愁。"习近平总书记走上木栈道，看到的是清澈见底的洱海湖水，在风的吹拂下微微荡漾，湖边稍远些是高耸的青翠苍山，山腰飘荡着玉绸一般的白云。他同当地干部合影后说："立此存照，过几年再来，希望水更干净清澈。"他在同乡亲们座谈时说："我是第一次来大理，从小就知道苍山洱海，很向往。看到你们的生活，我颇为羡慕，舍不得离开。"他叮嘱："一定要把洱海保护好，让'苍山不墨千秋画，洱海无弦万古琴'的美景永驻人间。"

习近平总书记谆谆叮嘱，让云南省与大理州政府、上海交大与孔海南领衔牵头的水专项团队既受到很大鼓舞和鞭策，又感受到肩上压着千斤担，责任重如山。

2015 年春天，姜斯宪接任上海交大党委书记。云南

省省长请姜斯宪去云南商谈继续推进新一期省校战略合作事宜。姜斯宪带了由 40 多位校领导、干部以及相关教授组成的团队访问云南，商谈深化省校合作事宜，不仅要治理好洱海水质，还要解决产业转型与绿色发展，让绿水青山带来金山银山。

洱海畔的大理研究院里活跃着几十名上海交大师生。2016 年、2017 年，上海交大连续两次获评"教育部直属高校精准扶贫精准脱贫十大典型项目"。上海交通大学云南（大理）研究院于 2017 年、2018 年和 2019 年连续三年被评为"洱海保护治理先进集体"，于 2019 年作为第七批"全国民族团结进步模范集体"在全国民

《傍水而居》（李志华 摄）

族团结表彰大会上受到国务院表彰，并于 2020 年 1 月
被大理州委州政府表彰为第五批"大理州民族团结进步
示范单位"。

农业与生物学院的张才喜教授、许文平教授，环
境科学与工程学院的王欣泽研究员等都先后担任洱源县
科技副县长。药学院李晓波教授任大理大学校长助理。
2021 年夏季起，上海交大发展联络处副处长黄金贤挂职
担任洱源县副县长，分管商务、招商、教育、体育。

孔海南说："在那里，我们不仅要做科学家，还要做
经济学家、社会学家。如果你去研究院看一看就会发现，
我们不仅研究高原湖泊污染控制，还研究民族医药、高
原农业、新能源汽车和白族文化等等，内容相当丰富。"

保护洱海需要几代人接力，扶持洱源县发展经济，
也需要几任领导接力。

◀ 2015 年 7 月 10 日，上海
交大校领导赴云南推进
省校合作并签署战略合作
协议

2022 年 11 月金秋，上海交大党委书记杨振斌率团队来到大理洱源考察，与大理州委书记商谈，热忱表态要继续支持帮助洱源县，并捐赠了 1 300 余万元资金，用于洱源县的发展。双方围绕深化合作、推进乡村振兴、促进大理州经济社会转型发展深入交流。省校紧密、持续的高质量合作坚定了大家"高质量发展经济、高水平保护洱海"的信心。

守在洱海边的人们

保护洱海，始终离不开一线人员的工作。

在孔海南团队里，有一名青年学生沈剑，跟着王欣泽读硕士。因为他的论文与水专项没有太大的关系，他以为不会去洱海。后来因为工作需要，也去了大理。到洱海工作一段时间后，他便喜欢上了大理苍山洱海的美丽风光和四季如春的适宜温度。

沈剑开始去采水样时，顽皮地跳到河道里舀水，爬上来后，发现身上、脖子上爬满了红色、肉色的蚂蟥，吓了一跳。他被孔海南痛骂一顿，才知道洱源县是血吸虫病疫区，赶紧去医院处理。从此，他对洱海的生物多样性、生物丰富性有了感性认识，在那之后都穿好防护服、戴好手套再下水。

沈剑硕士毕业前夕，王欣泽问他："你是否考虑留在大理团队工作？"沈剑略加思考，同意了。他在做调研时，认识了一个也在做环保的文静姑娘蒋诗怡，一来二往，产生了感情。蒋诗怡是川妹子，在昆明一家上市公司上班。这家公司的部门经理，想把沈剑挖到自己公司，沈剑婉拒说："我在大理买好房子了。我想让蒋诗怡调来大理。"部门经理说："我估计她不肯离开昆明的。"沈剑去征求女友意见，蒋诗怡爽气地点头同意，开玩笑说："我们经理想挖你，结果是我被你挖过去了。"沈剑得意地笑了。

女友"爱情至上"的选择让沈剑感动。两人在大理结婚安家，生了孩子。沈剑是山东潍坊人，他将父母接到大理生活，老人帮他带孩子，解除了他的后顾之忧。他像王欣泽一样，也是一年大理工作 300 天以上。

沈剑博士毕业留校后，选择继续扎根洱海一线，跟着孔海南、王欣泽，在上海交大云南（大理）研究院从事科研工作。2016 年获评"上海交通大学年度人物"。

沈剑去当地妇联、中小学做洱海保护讲座，发现妇女和孩子们也听得很专心，提问也很有水平。有一次，沈剑被请去一个偏远的村子，考察当地一条水质较差的河。他听到同去的乡镇干部提出的治理措施，都是蛮专业的。这部分得益于大理研究院一直在当地举办的洱海治理技术培训班、洱海保护科普班。

被洱海哺育着的人们正在努力地学习守护洱海。

湾桥镇古生村何志忠、何孟娇父女成了洱海"美容师"。父女俩每天要去洱海边查看藻情,去打捞死亡水草,运到岸上。父女俩已知道,如果不及时打捞,水草腐烂了,沉到水底,会影响水体透明度,严重的话会造成蓝藻暴发。父女俩每天驾小船巡视碧蓝的洱海,如果这天没有见到死亡水草,没有见到蓝藻,父女俩会开心一整天。

在洱海边,风雨无阻打捞枯死水草的人越来越多了。他们多是世代在洱海打鱼的渔民,如今放下渔网,成了洱海守护人。

之前,洱海周边有的村子,私自接一根管子,从苍山的十八溪中引入山泉水,接进每家每户。有的村民,在水龙头下放一个拖把,出门忘了关水龙头,山泉水冲洗拖把,冲了一天,这要浪费多少珍贵的山泉水啊!村民洗洗涮涮用过的生活污水,顺着沟渠排进了洱海。截留清水自用,污水排洱海,这样洱海能不污染吗?后来,这些习惯在一次次的环保科普之后被纠正了。政府也出台政策,禁止企业、单位、村子私自从苍山十八溪引水自用或将用过的污水排入洱海。沿湖居民使用洱海水制成的自来水,让山泉水完成从苍山流进洱海、再流进千家万户的自然循环。

杨明是大理白族青年,2010 年从大理大学环境科学专业本科毕业，赶上孔海南团队招人，就来到沙坪湾工作站做实验分析员。研究院成立后，杨明改做湖泊中心无人机航拍工作，跟踪侦察哪个湖湾有藻华苗头，并记录统计数据。

采访杨明节选

杨明的工作调整过多次。每一次工作调整对杨明来说都是一次挑战，杨明就在挑战中成长起来。他的同班女生孙天阳后来成为他妻子，也来到孔海南团队做实验室的质量控制，成长为实验室质量负责人。这对洱海边的伉俪一起去采水样。由于上关的湖湾浅，大船开不进去，夫妻俩穿好雨衣坐摩托小艇去。那天，苍山玉局峰顶忽然出现"望夫云"，洱海顿时刮起风浪。风浪越来越大，浪头迎面扑来，涌进小艇。夫妻俩拼命用木桶舀出小艇里的积水。最终，夫妻俩衣衫尽湿，精疲力竭，冒着危险完成了采样工作。

当下，这对伉俪已成为研究院的科研骨干，他们的孩子已6岁，读小学一年级了。这个和睦快乐、积极向上的家庭被大理研究院推荐到州里，被评为"大理州最美家庭"。

留住苍洱好风光

大理的秋夜，晚风中已经有了明显的凉意。大而圆的月亮斜挂在空中，给洱海镀上一层银光，又在湖面上投下一个微微晃动的月影。月光下的苍山绵延起伏，像一条卧着的灰褐色巨龙，静静地守在洱海西面。

孔海南坐在湖边，泡了一壶茶，享受这惬意的时刻。大理研究院建起来后，虽然他依旧忙个不停，但心里终归是踏实了一些，身体也逐渐地恢复了不少。

洱海治理能走到这一步，这是他以前没有想到的。还在日本的时候，每每看见那些宽敞的研究所和专业的机器设备，他总忍不住想：什么时候我们自己也可以有这样的条件呢？如今，新一代"治水人"有了更良好的科研环境、更坚实的设备支撑，这是实实在在的进步。

老朋友吴德意来拜访了。他是孔海南团队中的教授之一，主要研究水生生物、生态系统、生态环境等领域。20世纪80年代，吴德意由国家公派到日本爱媛大学农学部学习，2001年联系孔海南，希望加入团队，经同意后回国进入上海交大工作。相似的经历，让他们聊起天来感到分外亲切。

难得有空闲，孔海南给老朋友看自己在苍山游览时拍的照片。孔海南是摄影爱好者，拍了几千张苍山洱海的风景照片。苍山地质公园在2014年9月第六届联合国教科文组织世界地质公园大会上被列为世界地质公园，可见其地质景观价值与地质科学意义。

苍山，是"世界屋脊的屋檐"，横断山脉，到此结束；云贵高原，以此为起点。南北走向横列如屏的苍山，壮阔苍茫又青翠秀气的苍山，是青藏高原的余韵，又是云贵高原的序曲。

中国的山脉大都是东西走向，突然被横断山脉从北到南纵插进来，造成苍山洱海地质的挤压、破碎、直立、凹陷等多样状态，孕育了这个地方的地质多样性、生物多样性、气候多样性，在地质学、地貌学、生态学方面都具备了很高的科学价值，还有观赏价值。中国明代旅行家徐霞客来此，履芒鞋，挂竹杖，登高爬低，漫游几个月，在游记中做了生动记载。近代西方法国传教士德拉维也来到这里探险，采集植物标本。

苍山是一座地质博物馆，岩石种类丰富，大理石是其特产。

苍山是一个植物物种基因库，寒带、温带、热带植物都具备。

苍山是一汪天然绿色水库，夏季充足的雨水、冬季频繁的降雪，为洱海提供了丰沛的水源。

苍山以西，遍布高山峡谷，大地褶皱深深。苍山以东，丘陵逶迤，盆地相间，大地褶皱浅浅。苍山，是青藏高原与云贵高原的边缘线、结合界、重叠部。苍山十九峰，平均高度近4 000米，马龙峰状如马首龙头，以4 122米的高度成为冠军，崖陡谷深；而山脚的平坝只有1 900米高，地面平整。地形的垂直分布，使山脚到山顶的气候分为亚热带、温带、寒温带，"一山分四季，上下不同天"。

苍山洱海

苍山一年四季美景不断。冬可以观冰雪，夏可以赏鲜花。晴空万里时，极目远眺，视通万里；云遮雾障时，恍若仙境，咫尺不见。

自从苍山有了缆车之后，孔海南去过好多次。游客乘缆车可以到达三千多米的高度，下了缆车就有供行走的栈道。

站在山上，只见远方两片巨大山石，一斜一竖，像巨剑刺向苍穹。近看，山上冷杉树、杜鹃树全部被白雪覆盖，银装素裹，琼枝玉叶，尽显素颜之美。朝上看，白雪覆盖下的岩石，黑白二色，峥嵘嶙峋，磅礴雄伟，气象万千。往下看，洱海呈现一片蔚蓝，苍山洱海之间的平坝农田，青翠葱绿，气息温馨。十九峰之间的十八溪，一会儿浪花飞溅，激越昂扬，一会儿流水淙淙，低吟浅唱。孔海南忍不住想装上一瓶山泉水，带回去泡茶，一定甘甜清香。

一路上，孔海南拍了不少照片：清澈的瀑布、条纹清晰的大理石、"仙人下棋"的公园景观……他还看见，苍山顶上的松树长得较矮，只有几十厘米高——这是大自然中"适者生存"规律的体现，因为山顶的风大，高大的树木容易被风刮倒。

孔海南也拍了很多洱海湖滨带的专业照片，让研究水生植物的吴德意一下子来了兴趣。

湖滨带是洱海水生态环境系统的重要一环。看似普通的景观照片，在孔海南和吴德意看来，则是反映水质的重要资料：蔚蓝色的水面指示了较好的水质；湖滨带的浅水湖湾里，沉水植物、挺水植物、浮叶植物、漂浮植物都齐全，这是生态环境良好的表现；湖边石头上长着刚毛藻等原生态品种生物，生机勃勃。"这藻真好看！"吴德意忍不住说。

随着科普的推进，人们逐渐了解蓝藻是湖泊富营养化的罪魁祸首。但也出现了比较偏激的观点，有人对蓝藻深恶痛绝，必欲除之而后快。

其实，在地球生命发展的初期，藻类的出现和活动增加了海水中的氧气浓度，才推动之后生命体的进化。

35亿年前，地球上的大气中只有氮气、氨气、氢气、一氧化碳、甲烷、水蒸气，没有氧气，更不存在臭氧层。在原始海洋里，出现了地球上最早的生物，即进行无氧呼吸的嫌气性微生物。它们存活在不受有害紫外线照射的海底，在大约30亿年前逐步演化出带叶绿素的自养型原核生物——蓝藻，利用阳光、水、氮、磷及其他营养物质进行光合作用，将二氧化碳同化为有机碳合物，释放出氧气。

蓝藻等生物出现，使地球成为生命星球。正常的一升水里，有800万到2 000万个微生物个体。生物系统里，

水杉

小虫吃小藻，小鱼吃小虫，大鱼吃小鱼。他们是吃与被吃的关系，这是一个平衡循环往复的世界。蓝藻在正常的生态链里没有破坏性。生物之间的相互作用非常复杂，形成整个生态系统的能量流动与物质循环。蓝藻，只有异常增殖、暴发性增殖后才会成为生态问题。

生态环境治理的目的并非清除环境中的某个生物，而是通过科技的、生物的各种方法，帮助生态环境恢复内部的良性循环，实现平衡运转。"治水"，其实是和许多生命"打交道"的过程。除了蓝藻，他们也研究当地气候，了解其他生物的习性，观察湖边的芦苇和茭草，还有众多的水鸟，如白鹭、海鸥、鹭鸶、白鹤、棕头鸥、红嘴鸥、野鸭和紫水鸡。

孔海南很喜欢湖里的一棵水杉树。它的叶片在冬天会变成红色，已经成了"网红"。

▶ 洱海"网红"水杉（赵渝 摄）

这群在洱海边"治水"的人，渐渐对洱海的一物一事都生出了感情。当然，他们聊得最多的还是蓝藻。洱海中的生态环境像一张细密的网，各种生物相互依存、相互竞争。它们环环相扣，而蓝藻就是其中重要的一环。流域内居民的活动，无不牵动着这张生物网。

一个平衡的生态系统中，各种生物分为生产者、消费者、分解者。

生态环境中有机物质的生产、消费、分解，就是通过一系列捕食、被食的关系，实现物种之间的平衡，循环往复，生生不息。然而，一旦生物链条上某种生物突然异常增殖或者异常减少，就可能破坏这一平衡，导致生态失衡。

孔海南在一些过往的研究中看到：20世纪60年代，洱海引进"四大家鱼"时，带进来麦穗鱼等肉食性杂鱼，专吃大理裂腹鱼（弓鱼）、大眼鲤鱼、洱海四须鲃的鱼卵，破坏了这些鱼类的浅滩产卵场。后来，外来鱼类成为主要经济鱼类。1985年，洱海开始引进太湖银鱼，在1991

生产者主要是绿色植物，以太阳光为能量，进行光合作用，以二氧化碳等简单的无机物质为原料，制造蛋白质、葡萄糖和淀粉等有机物质，供自身的生长发育，也是地球上其他生物群落及人类赖以生存的能量来源。

消费者主要是各种动物，包括不含叶绿素的寄生性植物。它们不能利用太阳能生产有机物质，只能直接或间接从生产者制造的有机物质中获得营养能量。

分解者主要是细菌、放线菌、真菌，还有生长在湖泊与海底泥沙中的底栖动物河蚌、螺等。它们将动植物的排泄物、残骸等复杂有机物质分解为简单的无机化合物，归还到生态环境中，供生产者再次吸收利用，开始新的物质循环。分解者也以此维持生存。

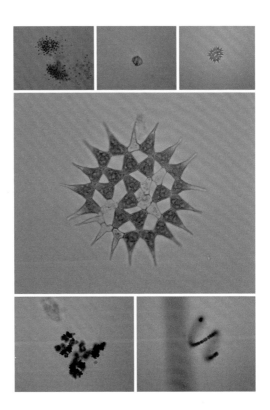

▶ 洱海中的藻类（上海交大
　大理研究院供图）

▶ 裂腹鱼（张孝雷 摄）

年达到 520 吨的产量。银鱼以藻类的天敌——浮游动物
为食，因此，银鱼在洱海成为优势种群后，浮游动物如
表壳虫、砂壳虫、曲腿龟甲轮虫等的密度与生物量急剧
减少。因天敌大减，藻类密度和生物量大增，银鱼的引
入在一定程度上为藻类大量增殖提供了便利条件。

洱海的自然生态状况与人类的过度频繁活动密切相
关。尚榆民曾参与一个调查，数据显示：在 1983 年由于
工业与生活用水及发电用水的增加，洱海水位呈明显下
降趋势，湖面积减少约 36.4%，容积减少约 23.8%。随
着洱海水位下降，生态问题也随之产生：大量的湖滨自
然湿地消失，湖面积减小，湖容积减少，许多湿生植物、
挺水植物如六蕊稻草、芦苇、菱草分布面积减少，湖滨
带生物多样性降低，对污染物的净化能力也大大降低。
洱海土著鱼种如春鲤、洱海鲤、大理鲤、大眼鲤、杞麓鲤、
大理裂腹鱼习惯在沿岸石块、石洞处产卵繁殖后代，水
位降低，湖边浅滩露出水面，让土著鱼类失去繁殖场所，
再加上外来肉食杂鱼贪吃土著鱼产的鱼卵，土著鱼类面
临双重打击，濒临灭绝，有些已然灭绝。这是值得忧虑
的事。

气候大环境也对洱海造成了影响。在全球气候变
暖的趋势下，洱海面临的难题又多了一道。据考证，在
大约公元前 10 万年至 2 万年，洱海非常大，水天一色，

浩淼无边，水位高两千多米。洱海水位到达苍山各个山坡，下关的团山当时只是水域中的一个岛屿。如今在苍山的佛顶峰、马龙峰、龙泉峰、白云峰的山坡上，两手往泥土里随意摸摸，就能捡到贝壳，证明这里曾是湖底。

大约在 1 万年前，洱海水位以极为缓慢的速度开始下降。汉朝时，洱海的先民还居住在苍山山坡的台地上。唐朝时期，洱海的水位高度在海拔 2 010 米左右。从唐朝算起，一千多年过去了，洱海水位高度降到如今的海拔 1 966 米，洱海的湖面缩小了很多。

夜深了，孔海南和吴德意聊了很久。望着夜幕中的巨龙一般的苍山，望着洱海中倒映的微微波动的月亮，他们陷入了思考：平静的湖面下，或许隐藏着许多未知的挑战。

《保护洱海》（赵渝 摄）

第五章·「绿水青山就是金山银山」

水变清之后，洱海吸引了越来越多的游客，成为许多人的"桃花源"。面对潮水般的游客，洱海还没有准备好，过快发展的旅游业又带来了污染。当地政府与企业共同加入"抢救"洱海的行动，客栈、民宿、民居纷纷后退，为洱海让出空间。同时，继水专项之后，国家再度决策，先后启动 PPP 模式，建立国家野外科学观测研究站等。为提升当地百姓生活质量，当地政府、当地百姓和科研团队一起，不断做出新的尝试：种植海菜花、引导农民改变农作物的种植方式，建成直饮水工程……

拥挤的洱海畔

2014 年，电影《心花路放》上映。电影讲述了一对离婚夫妇分别去大理疗情伤的故事，其插曲《去大理》走红，成为当年的金曲：

是不是对生活不太满意

很久没有笑过又不知为何

既然不快乐又不喜欢这里

不如一路向西去大理

路程有点波折空气有点稀薄

景色越辽阔 心里越寂寞

不知道谁在何处等待

不知道后来的后来

谁的头顶没有灰尘

谁的肩上没有过齿痕

也许爱情就在洱海边等着

…………

青翠的苍山、蔚蓝色的洱海，一时成了许多人的向往。清新的空气、宜人的气候、千年历史的大理古城、"风花雪月"的白族风情，对当时深受雾霾与堵车之苦的大城市年轻人吸引力实在太大。有些人卖掉城市的住房，与洱海边的老百姓合资建起客栈民宿，带着孩子迁居大理，过起"世外桃源"式的生活。

自唐宋时期乃至更早，这里就是个热闹的地方，南诏国、大理国的都城都建立在此。明代洪武十五年（1382年），现在的大理古城建成，直到1982年重修城门。20世纪80年代就有外国旅客慕名来到大理度假。或许正因为大理开放的环境，让这里产生了融合、丰富的独特气质。这个不大的古城里有文庙、武庙、西餐店、咖啡厅、酒吧，甚至还有白族风格的天主教堂。

孔海南认识一对丹麦夫妇，他们在大理才村买了一个小院子，带着7个孩子长住在这里。丹麦是高福利、高税收的发达国家，为他们提供了生育补助。靠这些补助，他们在高物价的丹麦生活或许有些拮据，但在大理生活得很舒适。有一个美国人林登，到大理旅游后就不走了，在喜洲镇租了房子，开客栈、开茶馆，他说，他这辈子就在大理过啦!

孔海南领衔的水专项洱海项目团队,曾借鉴欧洲瑞士苏黎世市及奥地利维也纳市发展水环境旅游,从而带动经济发展的经验,向国家水专项办公室和大理州政府建言,洱海流域要发展第三产业,得到了大理州各界的积极回应。由当地居民提供宅基地,引进外来资金,建设客栈民宿。20年后,客栈无偿转让给居民本人。于是,客栈民宿迅速发展起来。

仅仅两年内,几千家客栈民宿在洱海边建起来。据统计,洱海"新移民"在2014年有近3万人,2015年有近5万人,2016年竟有近10万人,占到环湖居民的近10%。2014年,大理州接待海外游客80.83万人次,接待国内游客2 567.18万人次。2016年春节,大理游客暴增;在双廊艺术小镇的道路上,连转个身几乎都要碰到人。

原先,双廊镇是个渔村,那里很少有外地人,村民眼界窄,信息少。旅游热潮兴起,村民的生活也发生了很大变化。比如洱海海边的房子,风大潮湿,本来不受人待见。白族人兄弟分家,弱势的一方往往分到海边的房子。可是现在民宿客栈老板就要找海景房的房主合作,让游客可以迎面看海。游客坐在窗前,品着咖啡,看海景,晒太阳,放松身心。有些在一线城市工作的人,平日里工作十分紧张，每过一两个月就要到洱海边放松，周五来，周日回。还有些年轻人抱着一个手提电脑，在洱海边农民家租个海景房，做设计，做音乐，做动画，做"码农"。这些年轻人被称为"数字移民"。

孔海南大略算过一笔账，投资一座十间客房的客栈需要100多万元资金，如果一间客房每天收费200～300元，一年中即便只有100天住着游客，毛收入也是很可观的。有的网红客栈建在湖滨保护带上，在湖上架起一条玻璃走廊供游客观赏洱海风景，生意火爆。一间临湖客房，旅游旺季住一个晚上要几千元，还一房难求。

谁都没想到，民宿客栈会井喷式开张，移民游客如潮水般涌来。

在旅游业快速发展的同时，人们缺乏环保意识，当地配套的环保举措并没有跟上。当时的大理只有几个小型污水处理厂。这样的环境压力让苍山洱海不堪重负。聚集的客栈、民宿产生了大量的生活污水、餐饮垃圾、餐饮污水，排放进洱海。洱海是封闭的高原湖泊，仅靠一条西洱河流进澜沧江。湖泊的作用是"纳污吐清"。这么多的污染物排入洱海，一部分沉降到湖底，大部分氮磷污染物引起蓝藻频频暴发。

2015年，洱海流域居民与游客平均每天产生餐厨及生活垃圾有 600 多吨。

　　洱海公园、红山湾、挖色湾、大建旁湾、双廊湾、西闸河等多处湖湾都出现了藻华的痕迹。洱海东北湖湾水域的藻华，淡黄色夹着浓绿色，像是在水面涂了一层油漆，触目惊心。几个古镇周边的湖湾岸边，湖水浑浊发臭，水质急剧恶化。

　　苍山洱海有着良好的气候条件，四季如春，适合旅

◀ 2015年9月，挖色湾（上）
与双廊湾（下）发生藻华

游、疗养。没想到，旅游业才刚起步，餐饮客栈民宿，就代替大蒜奶牛等农业面源污染，成为灾害性的污染源。

显然，面对如此迅猛发展的旅游经济，当时的大理还没有做好准备。孔海南想起，他在英国讲学时，曾考察过当地的英格兰西北湖流域。这一区域的流域面积与洱海相似，湖边常住人口约5万人，湖边有一些养牛、养羊的畜牧业，湖畔也有许多民宿，每年接待游客人数约一千万人次，但生态环境保护得非常好。

孔海南还记得，2005年8月他到杭州去，适逢夏季，每天在现场都晒得大汗淋漓。为避开高温，他在宾馆大堂里来回健步。运动结束后，他从书报柜上取来一张《浙江日报》，边休息边翻阅。

时任浙江省委书记习近平开设的专栏"之江新语"刊登的一篇评论《绿水青山也是金山银山》引起他的注意："我们追求人与自然的和谐，经济与社会的和谐，通俗地讲，就是既要金山银山，又要绿水青山……绿水青山可带来金山银山，但金山银山买不到绿水青山。绿水青山与金山银山既会产生矛盾，又可辩证统一。在鱼和熊掌不可兼得的情况下，我们必须懂得机会成本，善于选择，学会扬弃，做到有所为、有所不为，坚定不移地落实科学发展观，建设人与自然和谐相处的资源节约型、环境友好型社会。在选择之中，找准方向，创造条件，让绿水青山源源不断地带来金山银山。"

看到洱海不断遭到污染，当地政府与治理团队达成共识：为了保护洱海，需要对粗放经营、过快发展的旅游业进行干预，并跟进相应的环境保护举措。

然而，两个实际问题摆在了面前。

一是环保工程的资金缺口。2015 年，大理州政府为贯彻习近平总书记"一定要把洱海保护好"的重要指示，以根治洱海水质与驱动生态环境良性循环为宗旨，推进了六大工程：流域截污治污、入湖河道综合整治、流域生态建设、水资源统筹利用、产业结构调整、流域监管保障。按照规划，这六大工程共需要建设 125 个项目，总投资达到 264 亿元。可是，大理市 2014 年的一般公共预算收入只有 27.5 亿元，无法覆盖这些费用。况且，贫困地区的财政主要用于"吃饭"，少许积累用于发展建设，怎么可能将本来就缺乏的资金，全都花在环保上呢？旅游业好不容易发展起来，本是财政收入的有力补充，现在，不符合环保要求、污染水生态环境的餐饮、客栈、民宿反而带来了财政压力。

二是当地客栈、民宿的老板反对。为配合治理，大理州政府劝告往洱海排放生活及餐饮污水的 2 498 家餐馆和客栈、民宿暂停营业。理由很充分：洱海黑臭了，你的客栈怎么会有客人来呢？政府与客栈、民宿是"一条战壕里的战友",我们一起将洱海治理好保护好,洱海水清澈,苍山永青翠,何愁游客不来?保护好洱海,是对祖祖辈辈做交代,是为子孙后代留饭碗。

一开始,很多老板的抵触情绪很大:"建好的客栈装修好却不让我们营业,我们怎么过日子?"

看着大理熙熙攘攘的游客,孔海南心里五味杂陈。洱海治理是一个循序渐进的过程,其中不断更新的不仅是技术,还有观念和认识。面对新挑战,洱海的发展模式也需要做出调整。

一个个调研数据,一张张污染现场的照片,就是洱海已经超负荷的证据。

双廊镇客栈民宿行业协会会长赵一海,长得斯斯文文,眉清目秀,一脸书卷气。这个36岁的年轻老板出生在双廊,从读小学起就住在下关。他还记得,小时候他每逢周末就到双廊看爷爷奶奶,上午从下关坐船出发,下午才到双廊。而到了晚上9点钟,双廊镇已是一片漆黑,渔民早早就睡了。在20世纪90年代的双廊镇,人们仍然保留着"日落而息"的渔村作息习惯。

高考时,赵一海考进了华东师范大学传媒学院新闻系,毕业后,在广东一家大报工作了七年。2014年,在父母的催促下,他辞职回到双廊镇,在自家宅基地上建起一栋海景客栈。客栈有五间房,每间房一个晚上房价

800 元。那几年，正是大理旅游兴旺的年月。他感觉，生意太好，客人太多，每天像是在捡钱！直到 2017 年政府劝告客栈、民宿的老板暂停营业，赵一海主动关停了他的客栈。

可是，很多来自全国各地的客栈民宿老板是来创业、来赚钱的，他们一再向媒体反映自身困难，呼吁媒体关注。媒体记者到双廊来采访，找到赵一海这位曾经的同行。赵一海很同情那些投下数十万元、数百万元的老板，他也真真切切感受到，当时洱海的水质和他在 20 世纪 90 年代亲眼所见的水质相差太多，更无法与上辈人说的 20 世纪 70 年代一眼看到湖底的清澈水质相比。洱海确实面临着环保设施不足的巨大压力。他的解释客观、真实，让媒体记者听到了一个对家乡怀着一片真挚感情的往日媒体人的心里话。

孔海南也去做媒体记者的工作。有一位潘记者多次为客栈、民宿停业困境而呼吁，她写的新闻报道社会影响很大。孔海南主动加她微信，约她在酒店大堂喝咖啡聊天，向她提供新闻素材，告知洱海正面临蓝藻大暴发危机的具体情况。一次次掏心掏肺的坦诚交流感动了潘记者，使她转而为减轻洱海的环保压力而呼吁。

看到这些入情入理的通讯、特写，众多客栈、民宿的老板也在众人劝说下慢慢改变了态度。是啊，如果洱

《乡愁大理》

海一直这样被污染，就算短期内赚了钱，也是"杀鸡取卵"的做法，无法长久，看不到未来。

双廊镇对镇上400多家客栈、民宿开展环保排查，查水从哪里取来，污水排到哪里去了，有无建化粪池、隔油池。镇政府领导带头上门拜访，一遍遍地向老板们告知洱海面临的污染威胁。他们一家一家走访，去做劝说工作。最终双廊镇上全部客栈、民宿的老板都接受了政府的劝告，暂停营业18个月。

假如被白族人称为"金月亮"的洱海母亲湖脏臭了——浅水里因生活垃圾、餐饮污水、死亡水草混淆着发酵而沼泽化，深水里因蓝藻泛滥从草型清水湖变为藻型浊水湖，那么，客栈民宿老板的投资就彻底打了水漂，沿湖百万民众的饭碗也被敲碎了，"千秋画、万古琴"消失不见。这代价是大家都不想看到的。

白族人有着很好的卫生习惯。在白族传统民居中，用水有三个通道：一是取地下的井水饮用，往往是三户人家共用一眼井；二是从山上引水，用来洗衣、洗菜、洗澡；三是将污水排入道路中的专用管道。可见，维护水质清洁，对于白族人来说已形成传统。

敬畏自然、顺应自然，这是白族人自古以来所遵循的信仰。在与许多大理村民的相处中，孔海南接触到当地的本主崇拜。本主可以是人物，也可以是一块灵石、一棵神树，几乎在每个白族人的村庄中都有本主庙，供奉着本主木雕神像。每逢本主诞辰，都要杀猪杀羊，在村中心的大榕树下，举办祭祀活动。这是人类放低身姿，表示对大自然的敬畏态度。

在白族传统文化中，人与自然应该是和谐共处、天人合一的。在当下，这一古老的文化智慧依然可以给我们启示。

留住洱海的美丽，这是所有人共同的目标。

当时洱海周围的在籍人口已达百万，还有大量流动人口。为响应习近平总书记提出的"以水定城，以水定地，以水定人，以水定产"思路，大理州政府决

本主崇拜包含了朝拜者的十二心愿："寿连绵、世清闲、兴文教、保丰收、本乐业、身安然、龄增寿、泽添延、冰雹息、水周旋、家清洁、户安康"。

◀白族的祭海仪式
（赵渝摄）

定积极推动区域协调发展，加快推进"大祥巍"一体化发展，着力构建"一体三城四单元"城镇发展新格局；谋划好大理国际职教城项目，驱动"人、产、城"融合发展；推进以县城为重要载体的城镇化，促进产业配套设施提质增效、市政公用设施提档升级、公共服务设施提标扩面；推进以人为核心的新型城镇化，加快农业转移人口市民化，不断提高城镇化水平；加快城市更新，提高城市规划、建设、治理水平，打造宜居、韧性城市。不必在洱海边发展的产业要转移出去，在大理市周边的几个县划出开发区，来承接洱海边转过来的产业。这个思路和北京在东面辟出通州为城市副中心、西南面设立雄安新区、首都以外的功能要从北京市中心区域转移出去相类似。

洱海边的多家水泥厂、几十家大规模禽畜养殖场等污染严重的产业搬到洱海流域外的大祥巍开发区，减少洱海周边污染源。

云南省大理州还调整优化大理市城市建设相关规划。将大理市城乡开发边界面积从 188 平方公里削减为 148 平方公里，环湖人口从 105 万人减到 86 万人，洱海核心区的餐饮客栈经营户将海东开发面积从 140 平方公里减少到 9.6 平方公里，推动流域内产业和人口不断向流域外转移，彻底转变"环湖造城、环湖布局"发展模式。

PPP 模式

2015 年 4 月，国务院发布《水污染防治行动计划》（简称"水十条"）。该计划围绕全国水生态环境质量，提出工作远景目标：到 2020 年，全国水环境质量得到阶段性改善，污染严重水体较大幅度减少；到 2030 年，力争全国水环境质量总体改善，水生态系统功能初步恢复；到 21 世纪中叶，生态环境质量全面改善，生态系统实现良性循环。

为推动计划落地，国务院明确相关项目向社会资本敞开，采用"PPP 模式"（Public-Private-Partnership），即政府采取竞争性方式，选择具有投资、运营能力的社会资本与之合作。这是一种公共基础设施建设的项目运作方式，通过市场经济手段将社会资本引导到环保、基建等项目上来。这样，在拉动经济建设之外，政府还可以帮助社会资本获得长期稳定的收益。

国务院推动 PPP 项目时召开了一个特别会议，请国务院 12 个相关部长以及 12 个环境与投资领域的专家参会。孔海南是生态环境部与财政部 PPP 中心聘请的技术专家。他深知，动员社会资本到洱海投资有点难度。一是投资额大，需要几十亿资金；二是回收时间较长，投入巨额资金有风险。为治理洱海而投资，是在啃硬骨头、挑重担。他与校领导一起，经多方寻找有能力和资质的企业，向他们讲解国家政策，最后找到上海交大校友、中信产业基金总裁田宇深谈，并满怀希望地建议："你们能不能到洱海去？"经过商讨，由中信产业基金旗下中国水环境集团承接洱海环湖截污工程，并与上海交通大学签署战略合作框架协议。

中信产业基金旗下中国水环境集团是水生态环境专业治理公司，在水生态综合治理、污水处理、污泥处理、

▶ 上海交通大学与中国水环境集团有限公司签署战略合作框架协议

▶ 张杰（左）、吴旦（中）和田宇（右）

中水回用、供水服务等领域具有先进技术与国际化管理经验。

2015 年 10 月 11 日，中国水环境集团"大理洱海环湖截污 PPP 项目"正式开工，按照"依山就势，有缝闭合，分片收集，集中处理"的思路，环湖建 300 多公里长的截污管道，目标是"不让一滴污水流入洱海"。

该项目计划在洱海周边建 6 个下沉式污水处理厂。从苍山到洱海，平坝地面紧缺。因此，污水处理厂造在湖面附近十几米远的地表下。由于技术处理得当，并无气味散发。地面建公园、酒店、停车场，与郁郁葱葱、生气勃勃的洱海自然景观融为一体，也解决了污水处理厂因臭味而普遍面临的"邻避"问题。"邻避"，是一个与垃圾焚烧厂、污水处理厂等环保设施相关的国际专有名称，意为"不要建在邻居的院子旁边"。再生水厂采用活性炭吸附法、填充式微生物脱臭的组合方式处理污水，最大程度罩住臭气，使之不蔓延、不外溢。与此同时，主要处理设备均布局在地下 15 米深处，机械振动分贝小，对地面建筑不产生影响。下沉式水厂如同建在一个埋在地下的封闭箱体中。

更重要的是，6 个地下污水处理厂通过长度达 300 多公里的环湖截污管道，集纳了环洱海周边的生活污水，与流域内的其他污水处理厂、污水处理站、化粪池组成总长 4 519 公里的污水收集管网，实现了流域污水全收集、全处理，使之不再污染洱海，还将生活污水视为珍贵的水资源，把它处理后变为再生水。将部分再生水用穿山管道，输入山背面的高山库塘，氧化后，用于农田灌溉，剩余的水通过沟渠进入人工湿地，最后流进洱海流域以外河道水系。通过这一工程，每年处理利用的水量可达数千万吨，支持了洱海流域奉行的"生态优先、绿色发展"理念，与流域社会发展模式融为一体。

这个治湖工程方案由中国水环境集团与上海交大孔海南团队设计，由中国水环境集团组织实施。孔海南将他在日本留学时研发的"梯级水生态环境过滤"专利提供给工程方案使用。

大理洱海环湖截污 PPP 项目（一期）6 个污水处理厂部分的合作期限为 30 年，含 3 年建设期；污水收集干渠、管网、泵站的合作期限为 18 年，含 3 年建设期。

项目的回报机制为政府付费模式。2015 年 4 月，财政部发布的《政府和社会资本合作项目财政承受能力论证指引》中要求："每一年度全部 PPP 项目需要从预算中安排的支出责任，占一般公共预算支出比例应当不超过 10%。"

这一机制帮助达成了三个共识。第一，环境保护是有成本的，发达国家宁愿进口也不肯种大蒜，就是因为环境成本太高。第二，绿水青山是人民大众普惠性的福利。空气清新，山青水绿，可以让人心旷神怡，获得美感，呼吸通畅，提升幸福指数。生态优先、绿色发展，享用者是人民。第三，留住绿水青山，才能转化为金山银山。

"大理洱海环湖截污 PPP 项目"原计划投资 34.9 亿元。中国水环境集团 40 余人技术团队历经半年的现场踏勘调研，采集 2 000 多组数据，经过多轮市场测试，运用"竞争性磋商"的市场智慧，与国际、国内专家团队充分论证后，使得最终的 PPP 协议签约控制价为 29.8 亿元，比项目招标金额节省了约 6 亿元，节省投资 17%。在保证质量的情况下，团队积极配合政府工作要求，使得项目工期缩短 6 个月，发挥出中国水环境集团作为社会资本的专业优势，充分体现出 PPP 机制的效用。

截至 2021 年 12 月，大理州政府已推进洱海环湖截污工程、洱海主要入湖河道综合治理工程等 6 个 PPP 项目，已签约落地 6 个项目（其中财政部示范项目 5 个），涉及生态建设和环境保护、水利建设、市政工程等领域。PPP 机制有效减轻了政府财政压力，并撬动社会资本投资、建设、运营，达到政府、公众、社会资本合作共赢，实现水环境治理与绿色发展有机融合。

孔海南说："经过十多年的发展，如今的洱海，技术

▶ 建设中的排污主干道
（杨继培 摄）

▶ 建成后的排污主干道
（赵渝 摄）

已经不是主要问题，关键在于整体的治理。过去，由于地方财政经费有限，要想通过环湖截污的方式实现洱海治污全覆盖十分困难。而我们上海交大现在帮助大理引入政府与社会资本合作的模式，让当地政府在洱海的保护和治理上不再是'有想法，没办法'。"

壮士断腕

环湖截污工程尚未建好，客栈、民宿的污染已让洱海蓝藻频频暴发。以旅游小镇双廊周围洱海水域为中心，藻华一直发展到全湖水域。孔海南团队向云南省委省政府与大理州政府紧急建议："绝不能放任客栈、民宿爆发性增长，要开展洱海抢救行动。"

2016 年 11 月，云南省委省政府宣布：从 2017 年 1 月起，洱海保护治理进入"采取断然措施，开启洱海抢救模式，保护洱海流域水环境"的阶段。

为了落实"抢救模式"，大理州委州政府成立了 400 多人的洱海保护一线指挥部，由州委书记、州长当指挥部指挥长，副州长担任常务副指挥长。指挥部的技术组由大理州环保局局长担任组长，王欣泽担任副组长。

"真是高强度作战。"回想起那段时期，王欣泽感叹道。当时，一旦涉及水生态环境的技术方面问题，王欣泽都要在指挥部指导跟进，从早上 8 点一直值班到晚上 10 点才回家。

在王欣泽的带领下，上海交通大学云南（大理）研究院发挥了关键的技术支撑作用，承担了洱海水质水生态观测分析及当日报告、湖湾藻类生态改善技术研发、应急库塘建设等一批工作任务。通过湖区每周 1—2 次的动态采样分析，湖区周边的无人机影像拍摄等工作，研究院及时提供一线基础数据，作为科学决策的依据。

"抢救模式"在实施的当年就初见成效。2017 年，洱海全湖水质总体稳定保持为Ⅲ类，其中 6 个月为Ⅱ类。主要湖湾水生植物恢复生长较好，全湖水生植被面积为近 15 年来最大，近岸水体感观明显好于往年同期，未发生规模化蓝藻水华。

2018 年初，孔海南去一度污染严重的双廊镇洱海边查看，发现沉水植物恢复度、水体透明度，都是他参与治理洱海多年来最好的状态。可以说，"抢救模式"已取得了阶段性成效。

"抢救模式"的成效众目共睹，更加坚定了大理州委州政府领导坚持保护洱海的决心。他们坚决摒弃"发展不可避免会破坏生态环境"的错误认识，以及"以牺牲环境为代价换取一时一地经济增长"的错误做法，坚持实行生态优先、绿色转型发展，洱海水质便一天天好起来了。

云南省委书记表示："一定要以对历史、对人民高度负责的态度，持续推进洱海流域水环境保护治理，把洱海保护好。"由省委书记研究部署，省长担任总河长，分别四次调研指导洱海保护治理工作。省政府常务会议多次专题研究洱海保护治理推进工作，提出了举全省之力全面打响洱海保护治理攻坚战。

2018 年，大理州按照省委省政府的部署要求，以"壮士断腕"的意志，实施了"八大攻坚战"：环湖截污、

◀ 2018 年，双廊镇的沉水
植物与湖水透明度情况明
显改善

生态搬迁、矿山整治、农业面源污染治理、河道治理、
环湖生态修复、水质改善提升、过度开发建设治理。当
年，大理州政府出台政策，禁止销售、使用含氮磷化肥，
推行农家有机肥；禁止销售、使用高毒高残留农药，推
行病虫害绿色防控；禁止种植以大蒜为主的大水大肥农
作物，调整产业结构，推行农作物绿色生态种植，推行
畜禽标准化及渔业生态健康养殖。

  一个墩墩实实的中年汉子杨晶，黑红色脸庞上的眼
睛里闪着坚毅果断的神色。他是湾桥镇党委书记，兼任
湾桥镇域内阳溪的河长，也是土生土长的大理人。他说：
"没有'六大工程'，没有'洱海抢救模式'，没有'八大
攻坚战'，海菜花是开不出来的。2017 年、2018 年，是
我们工作最艰苦、最痛苦的两年。基层干部从早上忙到
半夜才休息，加上夜宵一天四顿饭都在工地上吃，半年

采访杨晶节选

不回家。我们这些河长要跟进各类工作，比如雨前清污、雨中应急、雨后整改。大理人民也渡过了最难的两年心理阵痛期。"

流经湾桥镇的阳溪是苍山十八溪中流量第二大的溪河。旱季，阳溪的水是比较干净的。雨季水量大，从苍山流出来时，就已带了树枝、败叶、泥沙，流经村镇，水流又裹挟一些生活垃圾，比较脏了。雨季的水怎么管控好呢？相关部门采取"雨前清污、雨中应急、雨后整改"的办法。雨季来临之前，组织村民将阳溪中的污泥挖掉；雨水冲刷时，打捞树枝、树叶、垃圾；雨季后，做一些小小的修补工程，以待来年。清污、打捞、防汛，一并统筹考虑，让雨季的阳溪水也干干净净流进洱海。

像杨晶这样的河长，洱海流域有一千余名。

湾桥镇古生村村民严炳其，是一位精干的小个子中年人。他原先当渔民，从 2015 年起，改行做河道库塘管理员，每月工资 1 600 元。每天，他要去巡视阳溪，去捞溪水中的垃圾、树枝、水草，无论是刮风、下雨、下雪，他都要去。古生村这段洱海湖面的死亡水草，他也要去打捞，用耙子、勺子甚至用手打捞上来后放在马路边。之后，钟顺和公司的卡车会开过来，将这些大自然中的废弃物运走，作为生物发酵工厂的原料。

在环洱海流域各个乡镇，像严炳其这样的滩地管理员、河道管理员、死亡水草打捞员、蓝藻应急打捞员、垃圾收集员、湿地管护员、网格化管水员，有 2 900 多人。他们身穿环卫服，在平凡的岗位上默默付出和奉献，成为洱海流域亮眼的一抹橙色。

2018 年 5 月，经专家论证，《大理市洱海生态环境保护"三线"划定方案》发布。按照该方案对沿湖区域划分红线、蓝线、绿线。处于红线内的客栈、民居、商铺，由政府全额赔偿，予以拆除。对红线之内的 1 806 户居民共 7 270 人，当地政府在苍山山脚下，建设"1806"小镇予以安置。拆除红线内各类违法、违章建筑 40 多万平方米，并将原先的环湖公路改为人行道、自行车道、沿湖绿地。

田忠福，这个中年女人的脸上一直笑意荡漾。她是 1970 年生人，21 岁嫁到喜洲镇江上村，婆家离洱海才 15 米远，风光很好，开门见湖。她家有旧房 3 间，150 平方米。她的婆家、娘家、祖上都是渔民，丈夫也是渔民，也种一点地。她的家被划在红线内，老房被拆。建"1806"小镇时，她去选房型，选中喜洲古镇靠近公路的一套白族联排别墅，三层楼，六间房，420 平方米。将老房子折价后，她补缴了 60 万元建设费。装修时，每间房装一个卫生间，底楼大厅再装一个卫生间，大厅里装了两个厨房。她的设想是，两间自用，四间用来做

▶ 三线划定前的龙龛

▶ 三线划定搬迁的龙龛

民宿。之前她在宾馆工作过几年，管理四间客房对她来说是小菜一碟。她将底楼的小院做成大理石铺底的水池，打上灯光，水面光影变幻，五彩缤纷。她说："安居才能乐业，我住进这套新房，安了居，乐了业。新小区，前后排房子间距大，门口可以停车，可以放上茶桌板凳喝茶休闲。以前的老房子，间距小，走个路、洗个车都是问题。我最满意的是交通，离公路好近，非常方便。"

罗时江从洱源县的大山里流出来，先流到绿玉池，再流到小西湖。湖中7岛6村住有800户农家。为了保护洱海上游的水质，洱源县将 800 户农家分期撤出了小西湖。

满脸稳重神色的李利平，是第一批从小西湖中撤出的农民。他原先在小西湖中登村有 2 亩地的宅基地，盖了一栋房子开农家乐。2016 年，为保护洱海，农家乐停业。2021 年，他搬迁到政府为他们建的新小区。

李利平现在住的新房有 430 平方米，房子的门窗都雕了花。他开心地说："迁出来太好了，我们家从祖上起，几代人都梦想迁出来，这个梦，到我这一辈，终于实现了。"他家里父母、夫妻、儿女六个人住不了这么大的房子，因此他准备重操旧业，办农家乐。他有很多老客户纷纷打电话来问他何时开张营业。他希望新小区的辅助设施快点建好，路再平整一点，客人过来就很方便了。

"1806"小镇让世代居住在洱海边、小西湖岛上的百姓们高高兴兴搬迁，让百姓的心思和感情，都往洱海治理保护的方向靠拢。百姓都希望洱海清澈一点，再清澈一点，那是他们与子孙后代的生计依靠，世世代代的饭碗所依。

政府通过努力，统筹推进"山水林田湖草沙"综合治理、系统治理、源头治理，累计投入资金 339 亿元，洱海水质总体保持优良水平。2019 年，洱海流域气温较常年偏高 1℃，雨季推后一个月，降水较常年偏少 20%，入湖水量减少40%，在极其不利的气象和水文形势下，洱海总体水质仍然五个月保持Ⅲ类水、七个月保持Ⅱ类水，2020年底洱海水位1965.68米，为近五年最高水位。洱海水质进一步提升。水生态环境朝着良性循环的拐点靠近。

孔海南团队以多年的研发技术为基础，在洱海典型湖湾古生村水体生态改善示范工程、大理市银桥镇应急库塘建设工程、洱海海西农业面源污染综合治理试点项目监测评估、洱海流域北部三江及西闸河两岸水生态保

▶ 生态廊道建设中的龙龛

▶ 生态廊道建设后的龙龛

护核心区及缓冲区种植工程、大理海东滇西国际商贸物流基地海绵城市等多项工程的建设实施中，将研究技术成果应用于洱海保护，改善了流域的水环境，削减了污染负荷。在洱海保护各项工程和管理措施的实施过程中，王欣泽作为专家参与技术把关，为洱海保护各项工作的顺利开展，提供了专业的决策支持。

2018 年 5 月，上海交通大学收到一封来自大理州政府的感谢信：

……在大理各级各部门的艰苦努力下，洱海保护取得了阶段性的初步成效，2017 年洱海全年水质总体评价为Ⅲ类，其中有 6 个月达到Ⅱ类水质，2018 年 1—5 月洱海水质保持在Ⅱ类水平。这些成效的取得凝聚了上海交通大学云南（大理）研究院全体师生的心血和汗水。

为此，大理州人民政府向上海交通大学特别是长期战斗在大理这片热土、为洱海保护治理日夜工作的上海交通大学云南（大理）研究院的各位领导、各位专家和全体员工致以崇高的敬意！向你们在洱海保护治理、造福大理人民等方面所作的贡献表示衷心的感谢！

此时，张杰已卸任上海交大校长一职。接任校长的是中国工程院院士林忠钦，他同样十分重视洱海治

洱海湖畔

理。他曾在接受记者采访时说道:"洱海的保护不是一朝一夕的事情,洱海流域的保护与开发历程对我国西部地区社会经济发展具有借鉴意义。"

洱海治理过程展现了生态环保与经济发展两条道路合并发展为一条康庄大道的前景。众人合力守护的这片绿水青山,很快就带来了金山银山。

海菜花成了致富花

"海菜花焯水2分钟就捞起来,可以和芋头一起煮汤,也可以放点蚝油凉拌着吃。"直播间的镜头前,茂茂和沐鱼这两位主播忙活个不停。

茂茂是洱源县右所镇本地人,长着一张清秀的脸,眉眼俏丽,话语间显出干练爽利。海菜花是她从小就吃的食物。小时候,一大篮子海菜花才卖几毛钱。她大学毕业后,辗转杭州、深圳、丽江打工,后来回到家乡,在直播平台上当主播卖农产品。她最好的战绩是云南电商平台大蒜销量第一名。

洱海流域不种大蒜之后,两位主播转卖其他农产品,其中海菜花的人气非常高。尽管现在许多线上平台都能直接购买海菜花,但她们的优势在于:更靠近产地,售价更低。两个人忙得天昏地暗,只能轮换吃饭,每天都直播到凌晨一点钟,连着在镜头前卖了三天海菜花,销量超过了 2 000 公斤。

茂茂和沐鱼两位主播对卖海菜花的前景非常看好，对海菜花也很有感情："海菜花的大花苞里有很多小花苞，一个花苞生命周期只有 5 个小时，上午 9 时对着太阳开，下午 2 时朝着太阳凋谢，第二天开放的是新的花苞。采摘后，农民会在水面上甩一甩。花瓣一甩就散掉，遇水变成透明状，就化掉了，随水流而逝。"

上海交大云南（大理）研究院为首的多个团队提供技术支持，通过合作社、基地、农户合作的模式，帮助洱源县右所镇松曲村种植了 1 500 亩海菜花。这里的水来自永安江。永安江的水流进大树营人工湿地净化后，重返永安江，再一路流到松曲村，水就很干净了。一片片水塘里，如繁星般开满了白色的海菜花。

洱源县三江源水产品种植专业合作社负责人李军是个五官端正、身材匀称的中年人，他将新鲜的海菜花称重、打包。他说，摘海菜花要左手扶住海菜花的根部，右手掐断海菜花的茎，两周可以摘一次，旺季 10 天摘一次。请一个村民摘一天，人工费 100 元。海菜花在合作社水塘边卖 10 元一公斤，本地市场卖 16 元每公斤。因为物流冷链成本比较高，海菜花运到北京、上海、广州等省外的大城市要卖到每公斤 50 元左右。他算了一笔账：海菜花每亩年产量 2 250 公斤，以每公斤 10 元计，每亩产值 22 500 元，刨去成本，种植海菜花的纯收益达到每亩 9 000 元以上。海菜花成了当地农民的"致富花"。

50 岁的村民杨克胜，身体壮实。他家世世代代住在松曲村。他原来也种紫皮大蒜，种了 20 多亩，种了六年，用收入盖起 400 平方米的三层楼房。洱海流域禁种大蒜后，作为三江源水产品种植专业合作社负责人李军的合作者，他承包了村民的 200 多亩农田种植海菜花。他说："游客最喜欢吃海菜花。旅游旺季时，一公斤海菜花在本地可卖 16—32 元，收入远远超过种紫皮大蒜。旅游淡季时，海菜花就会大跌价。希望有更多的经销商来卖海菜花，卖到全国去，让海菜花价格稳定，让更多没有来洱海的人，品尝到海菜花的美味。这样，我们的日子会更红火！"

▶ 上海交大支教学生在海菜花种植基地参加种植活动

看上去和和气气的 60 岁的松曲村村民杨永池也盼着海菜花带来好日子。他家四代同堂，上有老母亲，儿子跑运输，女儿嫁在本村，孙子读高二，孙女读小学四年级。他们在老房子旁新造了一栋 600 平方米的房子，但是还没有足够的钱装修。他等着海菜花能卖出好价格，把装修的钱赚到手。

海菜花开

个子长得玲珑精巧的 31 岁的松曲村村民杜桂斌说，他父母造好了 300 平方米的房子，他正谈着恋爱，还没有结婚呢。他盼着经销商能将海菜花卖出好价格，让他皮夹子鼓一点，将来把婚礼办得体面些。

平衡好农产品价格在旺淡季的波峰低谷，应该说，

有点难度。农产品旺季价高，淡季价低，这是普遍现象。种海菜花的农民，希望再出一个像开牛粪工厂的钟顺和那样的经销商，让海菜花扩大市场，价格稳定，让种植的农民有更好的收入。

时隔二十多年，海菜花终于回到了洱海。对当地居民来说，观赏和品尝海菜花已成为一种生活日常。自洱海恢复到 II 类水、III 类水后，每年 5 月和 10 月，古生村前的湖湾水域会悄悄开出一大片自然生长的海菜花。在海菜花回归的同时，洱海边还出现了不少新事物。

2022 年 11 月，洱海盛放的海菜花

收获在绿水青山间

除了"白头发"孔海南，洱源的农民还经常提到一位交大"阿鹏哥"。"阿鹏哥"是白族人称呼年轻男性的名称。他们指的是上海交通大学农业与生物学院的许文平教授。

2019 年，许文平赴洱源县挂职科技副县长，在第一个月就走访了洱源县的六镇三乡。对洱源种植业进行调查后，他为牛街乡灯草湾引进"冰糖心"苹果。这种苹果皮呈紫红色，切开是放射状的糖心。苹果种植在海拔2 760 米的高山盆地，这个高度几乎是苹果种植的临界点。在海拔较高、昼夜温差大的环境，种出的苹果格外香甜。这里山峰环绕，植被茂密，种植冰糖心苹果，符合大理州高水平保护、高质量发展的目标。许文平发挥学校与个人资源优势，促成上海交大洱源产业振兴示范

◀ 许文平（右一）与团队

基地成立。2020 年，当地苹果生产基地获得 50 万公斤销售订单。

在许文平的倡导下，洱源种植了几千亩树头菜。他个人捐赠了 28 000 棵树头菜苗木。这是一种香椿式的蔬菜，可以多次采摘，在长途运输中能够保鲜。洱源县还种植了 2 000 亩供应香港的水培蔬菜，上午收割，下午 4 点装车运输，第二天早上 7 点到达香港时，菜还很新鲜。

农业与生物学院王世平教授团队有四个老师教当地农民种"阳光玫瑰"葡萄，建起好多个葡萄园。这种葡萄长得像一根大号的玉米棒子。原先当地一亩地种几百株葡萄，王世平教授要求只种几十株。稀植后，葡萄的产量反而高了许多。大理州农村现在有 1 万多户农民种"阳光玫瑰"葡萄，卖到全国各地，年产值达到 50 亿元。

"要引导农民改变农作物的种植方式，必须要形成规模效应，要做示范，并且保障他们的农作物产品在流通中产生收益。"孔海南团队呼吁农科院、中科院等多个机构行动起来，找出了车厘子、蓝莓、葡萄、中药材以及苹果这五种低污染、高收益的经济作物，并给当地农民引荐了优秀品种。

洱海全流域实施"壮士断腕"以来的实践证明：守

住绿水青山就是守住金山银山，保护生态环境就是保护生产力，改善生态环境就是发展生产力。"生态产业化、产业生态化"，打通了绿水青山变成金山银山的新路径。

2020年9月，洱源县炼铁乡纸厂村的田坝迎来了丰收时节。村民们在田地里忙着收获成片的附子——一种白族传统中药材。割茎秆、挖附子、清理泥土、装袋打包，一片热火朝天的景象。"每公斤5元4角，485公斤，总共2619元钱。"一大早，在村里的陆家坝中药材种植专业合作社里，陆家组的陆务和夫妇正在交售前一天挖的附子。数着手里的钞票，陆务和乐呵呵地说："今天我又请了几个人帮忙挖，今天晚上就可以交过来了！"他家种了四亩多附子，昨天才开始挖，挖了半亩左右："按目前看，一亩地能赚四五千元钱！"合作社里，负责人陆志文一边忙着过磅、付款，一边忙着指导工人把收购的附子一袋一袋地码放好，电话一响，又要骑上三轮车去地里拉货了。陆志文说："今年附子价格好，老百姓赚着钱啦！"

"壮士断腕"行动之后，纸厂村2000多亩土地不种紫皮大蒜，改种中药材，种了近千亩附子，还种了云木香、大黄等品种。纸厂村党总支书记赵志红说："保守地估算，附子每亩产量700多公斤，按目前的价格，单是附子的产值就有400万元！"

洱源县腊坪村也发展起中药材种植，2020年初全村

▶ 洱源的农田

药材总收入 855 万元，种植户户均收入 2.2 万元，带动 155 户建档立卡家庭经济增收，稳固脱贫。

种中药材不允许施化肥，要施农家有机肥，才能保证药材品质，这就减少了氮、磷入湖污染水质。而且中药材经济价值高，其种植有利于农民脱贫。

大理州还开展特色花卉种子资源库建设，打造一二三产业融合的环洱海花卉产业经济走廊，建立和完善兰花、茶花、杜鹃花、玫瑰花等特色花卉种子资源库，通过产业化商品开发良种体系及推广应用模式，实现了茶花、兰花、杜鹃花、玫瑰花良种商品化开发。全州花卉产业获得国家科技进步二等奖 1 项，云南省政府科技进步一、二、三等奖各 1 项，获得国家授权的发明专利 10 项。

好山好水引来越来越多的"金凤凰"。一批知名企业到大理投资兴业，绿水青山的"看点"变成了增收致富的"卖点"。生态和文化、旅游深度融合发展，田园花海、特色小镇等新业态、新产品不断涌现，大理古城、喜洲古镇、沙溪古镇、双廊艺术小镇、杨丽萍艺术大剧院等旅游名片越发亮丽。生态文明建设、脱贫攻坚、乡村振兴三件事变成一件事，群众端上了"生态碗"，吃上了"绿色饭"。生态"颜值"变成了经济"产值"，高原特色现代农业量效齐增，世界一流"绿色食品品牌"示范区建设初现雏形，核桃、茶叶、水果、中药材、乳业及肉牛、生猪等优势产业不断发展壮大，农业产值突破 600 亿元；世界级文旅产业加速培育，历史文化名城、国际旅游名城建设加快推进，从 2017 年至 2021 年共接待海内外旅游者 2.2 亿人次，平均一年接待游客 4 000余万人次，生态环境优势正转化为生态经济优势。

分别在纽约和伦敦交易所上市的世界五百强英国帝亚吉欧集团，是世界最大的苏格兰洋酒国际公司，2021年在凤羽镇投资建设了一个威士忌酒厂。项目建成后，将使用清洁技术实现碳中和、水再生和零废弃，契合大理州建设"名副其实的历史文化名城、国际旅游名城，打造世界一流'绿色食品'示范区"的发展目标。为什么选择凤羽镇？因为凤羽镇位于洱海的上游茈碧湖畔，溪流河湖中，叮咚流淌着可直接饮用的Ⅰ类水。

清澈的水质为大理带来了经济效益，也让人们看见：

洱海是否清澈，与每个大理人休戚与共。每个人都是守护者，每个人也是受益者。

湾桥镇古生村的老渔民何利成是个经历过多次人生坎坷的中年人。多年的捕鱼生涯，让他的脸黝黑里混合着棕红，这是高原阳光给他留下的印记。

他说："我从小在洱海边长大，15岁的时候，和父亲一起在洱海上捕鱼。那时洱海真蓝啊！舀一桶洱海水，把捉来的鱼放进锅里，用海水煮海鱼，沾一点盐巴辣椒粉，吃起来味道鲜美。后来，我在岸边浅水里，垒了一个鱼塘养鱼。我还买了一艘机动渔船捕鱼。1996年蓝藻暴发，政府取消机动渔船后，我的船以废铁的价格卖掉了。2000年蓝藻再次暴发，政府取消我的18亩自建鱼塘，'退塘还湖'。我捕鱼、养鱼17年的财产全部没有了。当时我32岁，一无所有，只好到外头去承包水库养鱼，养了16年，吃了不少苦，很想念父母妻子儿女，一直想回来。2014年建'村村通'工程，我家门口通了硬路面，我就回家了，把家里的房子开成客栈，生意很好。没有想到，游客太多，客栈太多，环保设施不足，洱海又被污染了。2017年，政府推出'洱海抢救行动'，我积极响应，暂时关停客栈。2019年，政府要修生态廊道，将我家的156平方米花园和191平方米耳房划入生态廊道，给我在喜洲镇的1806小镇补偿一套435平方米联体别墅。我补缴 88 万元建设费，就搬去住了。我原先还没有拆的主房，租给中国农业大学张福锁院士'农业科学与工程前沿'团队，一年租金 20 万元。我们的生活一天比一天好，我要用一颗感恩的心，多做洱海保护的事。"

2021 年，何利成又觅到一份新工作，他向云南农垦集团有限责任公司承包了古生村村口的 580 余亩土地，在公司的指导下，轮种水稻和油菜，生产古生村"洱海留香"生态米、绿色菜籽油等农产品。绿色种植降低了农业面源污染，农产品也有了更高的卖价。一公斤高原软香米，要卖 30 多元，来自全国各地的订单，源源不断。承包稻田、油菜田，让他一年可收入 10 万—15 万元。

人生几起几落的经历让何利成体会很深：短视的破坏环境的发展，应该有所不为。长远的可持续的保护环境的发展，必须有所作为。

看到这些事例，孔海南说："我非常感动，没有当地各族群众的大力支持，洱海治理是不可能做到现在这个程度的。我们配合得很默契。科研团队提供的是方向性指导，而真正付出实际行动的是当地政府和各民族的老百姓。"沿岸作物、网箱养鱼、机动船、白色污染等都是影响水质的因素。科研团队通过调查、研究，向当地居民发出提示，共同将污染源挡在洱海外。

老话说："靠山吃山，靠水吃水。"环保与发展并不互斥。保护水生态环境，促进人与生态环境形成和谐关系，就是为了让生活在湖边的居民过上更好、更高品质的生活。

与洱海共命运

早在 2014 年 2 月，习近平总书记在北京自来水集团第九水厂调研时强调："水安全是涉及国家长治久安的大事，全党要大力增强水忧患意识、水危机意识，从全面建成小康社会、实现中华民族永续发展的战略高度，重视解决好水安全问题。"习近平总书记就保障国家水安全问题，提出了"以水定城，以水定地，以水定人，以水定产"和"节水优先、空间均衡、系统治理、两手发力"的发展思路，这让孔海南深受教育。

在治理国内湖泊的过程中，孔海南发现中国城镇和乡村的饮用水存在很多问题。其实，中国大江大河的源头与山区水库的水质非常好，基本都是Ⅰ类水、Ⅱ类水。但是，江水、河水在流动中受到污染。为了达到饮用水标准，需要采用化学消毒技术、制作自来水的凝絮剂技术等，这一过程也可能产生化学污染。

如果从源头开始，用封闭的食品级管道使源头水经长距离输送到城市，不加任何药物，只用简单的物理过滤、紫外线消毒等处理工艺，再用高分子材料管道接入千家万户的水龙头，那么就能向市民提供更高品质的饮用水，还能形成千亿元大产业。这项先进的饮用水技术可以减少处理过程中的污染，提高水质的安全性。

2015年，孔海南给时任国务院总理李克强写了一封建议书，请张杰校长去北京开"两会"时带去。信中建议试行"饮用水／生活用水分离供给的二元化城市分质供水系统"，建立水源地与城市居民饮用水的直接输送通道。

李克强总理阅后批示，要求上海交大做一个城市规模的示范工程。

孔海南征求大理市与上海交大校领导意见，提议为大理市建设直饮水工程，作为中国城市二元供水的试点。

经过协商，双方签订技术协作协议书，要将大理市建设成维也纳一样的直饮水城市。

在世界上100万以上人口的大城市中，维也纳是第一座家家户户打开水龙头就能喝上山泉水的城市。在维也纳的西南方向约100公里处，属阿尔卑斯山脉余脉的雪山上，有一处水源地。维也纳市政府将其辟为水源保护区，在1873年建成全长120公里专用引水渠，在1910年建成长约200公里的第二条专用封闭型引水渠。高山融雪水顺着渠道流进城市周边30个地下蓄水池里，经过简单石英砂过滤处理工艺，顺着铜质水管流进城市各家各户,这就是维也纳市著名的"山泉水直饮水"体系。孔海南在维也纳考察时,曾向饭店讨一杯水喝。老板到饮用水龙头处接了一杯水,说他们的饮用自来水和矿泉水是一样的,所以按照同样价格收费,一杯卖2.8欧元。

大理苍山顶上的白雪,每年夏天都融化成山泉水流进溪流汇入洱海。在洱源县内海拔约2 400米的高山群中,有一座四周既无工业又无农业面源污染的农用水库——三岔河水库。经上海质量监督技术研究院鉴定,这一水源的水符合106项新自来水标准,水质达到I类水标准,可直接饮用。孔海南让工人将三岔河水库四周用铁丝网围起来,避免牛羊与野生动物进入。通过内衬高分子膜的不锈钢封闭式管道,以隧道的形态穿过两座山峰,将水远距离输送到大理市东部的高品质直饮水厂,进入不锈钢制成的专用水罐。水厂建成玻璃屋形状,实现全自动化生产,而且向市民开放参观,将制作全过程中的情况与相关参数,在大屏幕上展现出来。

这个直饮水生产过程中,任何一个龙头、任何一根水管、任何一件器具,用的都是食品级高密度聚乙烯(HDPE)或不锈钢材料,用于建设直通居民家中的地下管廊。居民家中直饮水水管中的水,如果12小时没有用过,不新鲜了,会自动回流到不锈钢直饮水储水罐,进行紫外线消毒处理后,再流回居民家中。另外,在地面上还建成了十多个自动售水屋。无论是家中水龙头，还是自动售水屋，都要插上取水卡才能供水，也可以用微信、支付宝支付。大理州桶装山泉水末端价格每吨约600元，而直饮水每升约0.26元，不到桶装水价格的一半，更是维也纳市直饮水价的零头。

据统计，一个人一天的饮用水大约是2升，约为自来水使用量的1%，占用量极小。大理市部分居民的家中装有两个水龙头：一个水龙头是直饮水，打开水龙头就能喝到山泉水；另一个水龙头是以洱海水为源头制成的普通自来水，供洗澡、洗菜、洗衣等生活用水，烧开后也是符合国家标准的饮用水。这就是孔海南设想中的城市二元供水方案，以大理市为试点，地下预埋好了供100万人使用的干管。大理市的百万居民逐渐都可以喝上三岔河水库的Ⅰ类水。山泉直饮水清洁干净，口感甘甜。孔海南消化吸收后再创新的这项工程，其核心技术已经超过维也纳，而且使用的技术装备、材料全部是中国产品。在饮用水管、接头、水龙头等高分子材料产品的制造领域，中国已经占据了世界领先地位。

孔海南做罗时江治理方案时，对标城市是瑞士的苏黎世；做大理市直饮水工程时，对标城市是奥地利的维也纳。这两个对标城市分别是全球第二与第一宜居城市。

现在，与维也纳的居民一样，大理市的部分居民可

▶ 直饮水的高山水源地

▶ 直饮水处理车间

以直接饮用清洁、甘甜的山泉水。孔海南相信，只要目标明确，持续努力，在不远的将来，符合条件的中国城市、乡村都可以喝上江河源头的Ⅰ类山泉水。先进工程技术让大理人民与洱海共同享用着苍山顶上白雪融化的清清水源，在这甘甜清洁的水流中同生存、共命运。

建立国家野外科学观测研究站

2019年2月26日，时任国务院副总理韩正受习近平总书记委托，到大理调研生态文明建设情况。

温暖冬阳拂照，苍山绿色，洱海蓝色，水杉红色，白族民居白墙灰瓦，景色如画。

在洱海缓缓航行的考察船上，听了孔海南、王欣泽45分钟汇报后，韩正问："你们认为洱海治理到'水生态环境'的良性循环还需要多少年？"孔海南回答："从2017年1月至今，洱海抢救性保护治理取得了阶段性成效，初步遏制住洱海水质下降趋势，水质危机已经基本解除。但是，洱海属高原封闭性湖泊，水质主要污染指标多年来持续处于高位，洱海水交换缓慢，洱海的内源性污染负荷短期内难以消除。一个湖泊从污染到恢复生态平衡，需要四个阶段，洱海还需要治理20年。"

韩正点点头，微笑着说："正如总书记所说，久久为功。"

孔海南也笑了。他用坚定的眼神望着苍山山顶覆盖着的白雪。稍有凉意的风，吹拂着长长的洁白的玉带云，缓慢地沿着山腰移动。太阳照在洱海上，天空中棉絮般的团团白云倒映在蓝色的湖面上，在水中微微荡漾着。湖边的农田坝子，一片葱绿，水汽蒸腾。湖边129公里生态廊道边的花园里，在绿树陪伴下，鲜花开得五彩缤

云带翻滚

纷，三角梅尤其艳丽。岸边浅水里，一排排酱红色的水杉树，在阳光拂照下变幻出绮丽的色彩，成群的红嘴鸥在湖畔的浅水湾里鸣叫着飞翔，翅膀飞快地扇动着，划出美丽的弧线。

斑斓多姿的湖光山色，是一首抒情诗，是一幅彩墨画。

这么美丽的湖泊，为什么还要治理20年？

2019年4月，上海交大与云南省委省政府商讨研究，提出了在洱海流域共建野外科学观测研究站的设想。

学校组织了建设团队与专项经费，云南省提供配套野外观测场地及硬件支持，期望通过该观测站的建设，为洱海和我国西部高原湖泊的生态保护与综合治理提供数据共享和研究支撑。随后，教育部、上海市政府和云南省共同向科技部推荐该观测研究站作为国家生态观测研究站体系的候选站点。

国家野外科学观测研究站是国家创新体系的重要组成部分，依据我国自然条件的地理分布规律布局建设，旨在获取人量第一手定位观测数据，锻炼培养一批批野外科技工作者，并促进相关学科发展，为我国经济社会发展提供有力科技支撑。

2019年秋天，孔海南在洱海的藻情考察船上看到，天空中一大群灰雁，排好队形，欢叫着，飞到洱海来越冬。

灰雁的队形上方，有长长的彩色祥云陪伴。彩云空隙处，透下了几道阳光，照射在考察船上。他欣赏着灰雁、彩云、阳光。

孔海南知道，尽管洱海美丽多姿，但洱海保护还面临三个关键问题：一是湖泊藻类周期性异常增殖、流域污染输入、底泥动态沉积溶出与湖泊水质响应关系等关键机理还未解明；二是湖内生态修复及高原深水湖底沉积的污染物底泥疏浚等瓶颈技术还未突破；三是建立流域绿色发展模式以及"提高把绿水青山转化为金山银山的能力"等涉及区域社会经济发展的重大战略问题仍需探索。这些问题的解决，需要回归到科学研究上来。通过对洱海流域生态系统的长期定位观测，获取水质、底泥、藻类、沉水植被、底栖动物等湖内数据，以及气象、土壤、干湿沉降、入湖污染等湖外数据，结合区域社会经济发展动态信息，为洱海保护提供思路。

这就是洱海治理还需要 20 年的科学依据。

2021 年 10 月，"云南洱海湖泊生态系统国家野外科学观测研究站"（简称"洱海国家站"）正式获科技部批准建设。其任务包括聚焦陆地自然生态系统与生物多样性领域，以洱海为核心观测研究对象，拟通过长期定位观测，分析湖泊营养状态演替规律和流域 / 湖泊相互影响关系，重点开展湖泊保护治理的基础研究和技术开发，

科研人员在考察船上

逐步形成富营养化湖泊治理理论体系，为我国类似湖泊保护治理提供借鉴和参考。

2021 年 12 月 17 日，在《生物多样性公约》第十五次缔约方大会第一阶段会议结束不久，云南洱海湖泊生态系统国家野外科学观测研究站举办了共建签约暨实验办公大楼启用仪式。

新的实验办公大楼是一栋红白相间的 12 层建筑。17 日上午 10 时，签约仪式开始。

18 日至 19 日，洱海国家站第一届学术委员会第一次会议举行。学术委员会主任是赵进东，委员由丁奎岭、徐祖信、丁中涛、席北斗、孔海南、刘永定等专家教授组成。

在学术委员会会议上，有 6 位教授学者宣读报告。站长王欣泽做洱海国家站建设情况报告后，又宣读了他

◀ 洱海国家站的实验办公
大楼

的《洱海水环境分析研究报告》。上海交大环境科学与
工程学院院长耿涌教授宣读了《洱海流域水资源价值核
算和生态补偿机制研究报告》，这是一篇用绿色发展视
角观察分析洱海流域写成的眼光超前的报告。

洱海的又一个黎明来到了，天色尚在半暗半明之间，
洱海上空已是漫天红霞，与湖水中的红霞互相映照，水
色天光，将四周村落、小镇、溪流、农田、山脉笼罩在
一片红幔中。正在散步的孔海南站在洱海边欣赏着美景，
他欣喜地感觉，这美丽的朝霞预示着洱海国家站的灿烂
前景。

孔海南一次次地在洱海国家站的大楼里转悠，这
是一幢一万余平方米的十二层科研楼，有高水平的研究
室与分析测试实验室。在大楼之外，洱海国家站拥有两
片临湖现场实验基地，码头上还泊着一艘科考船。

　　孔海南走近去看这艘由上海交大船舶海洋与建筑工程学院团队设计，长 12.5 米、宽 4.8 米的科考船。它的发动机马力很大，有着白色的船体、暗绿色的甲板，配备了雷达、声呐、监视器。雷达能让船在视线不清的恶劣天气中出航；声呐能测量湖泊水深；监视器能确保考察船安全航行。前甲板上留了一个圆孔直抵水面，能让一根钢柱深深插入湖底淤泥取样，测量湖底淤泥的分层、厚度。船上装了一个起吊机，能将重物放下水面再吊起来。铝合金材料制造的船体，自重 8 吨，很轻，吃水线才 60 厘米，可以开进很浅的湖湾里测量、考察。船上有两个工作台，台面宽大，能放显微镜和荧光分析仪，当场就能检测蓝藻的品种、密度、发展趋势。后甲板很宽敞，各种检测设备都可放在船上，工作时便利舒适。

▲ 2022 年 11 月 21 日，云南洱海湖泊生态系统国家野外科学观测研究站科考船"思源致远号"试航在大理举行

船上还装有空调，放着沙发、圆凳、长椅，还有一间厕所。

望着这艘先进的、装备齐全的科考船，孔海南想起从前，大理研究院是租旅游局的旧船去采样。每次检测前，大家先要将各种采样检测设备装车，送到码头后扛上船。船上没有空调，连椅子也没有。船上没厕所，上船前大家都不敢喝水，要憋到中午上岛才能如厕。现在，不一样啦。这艘船，不要说在洱海里航行，开到大海里也是安全无忧的。

◀ "思源致远号"科考船

◀ 孔海南在科考船上

2006 年刚来到洱海边时，孔海南团队租用的是农民的小院，一租就是十年。后来，由大理州政府租借 2 000 平方米的私人楼房。再后来，上海交大云南（大理）研究院搬进了当地政府准备的一幢 5 000 平方米的大楼。如今，洱海国家站的研究硬件甚至超过了日本国立环境研究所的霞浦湖临湖基地，也超过了国际湖泊环境委员会所在的日本琵琶湖临湖基地。

从水专项大理研究院、PPP 模式到洱海国家站，洱海治理的不断探索，反映了我国湖泊治理技术、治理经验、治理模式、治理政策等方面的不断提升，同时体现了坚决"治水"的国家意志。正是在这样的强大支撑下，洱海治理稳扎稳打，一步一个脚印，凝结为具有指导意义和实践价值的"洱海经验"。这项经验已在更多的高原湖泊保护和治理中得到应用。

孔海南总结了"政府主导，依法治湖，科技支撑，企业创新，全民参与"这样二十字的洱海治理经验。

《苍洱全景》（张慧云 摄）

第六章·让『洱海经验』走得更远

"洱海经验"逐渐成熟，并且在全国范围得到推广，为贵阳南明河等流域治理提供了借鉴。随着"洱海论坛"的召开，海菜花吸引了全世界的目光，"洱海经验"开始走向世界。但是，治理洱海远不到松懈的时候，一代又一代治水人持续奔忙，"一张蓝图绘到底，一茬接着一茬干"。

中国的洱海

洱海项目的环湖闭环截污工程、节省土地的下沉式再生水厂、再生水输入库塘用于灌溉农田，将4 519公里污水收集管网、19个污水处理厂（包括6个下沉式水厂）、135个村落污水处理站、307座各类氧化"库塘"、14.7万个化粪池、4万亩人工湿地与广袤的土地、浩瀚的河湖联为一体，又互相分离，可分可合。

整个洱海流域实现了湖中水草藻泥类、村镇生活污水类、餐厨垃圾类、秸秆类、粪便类有机废弃物的全收集、全处理、全利用、全覆盖，实现了水资源、废弃物资源、绿色能源、土地资源的有机融合与高效节省的利用，发挥出"环境友好、资源利用、生态安全、绿色低碳"优势，对国内河湖治理具有普及与推广的参考价值。

淡水支撑着人类生活的方方面面。当今世界，人类面临着严峻的水资源挑战，而人类的开拓性技术创新，科学、持续的水资源管理，能够为解决水资源的匮乏问题提供支持。孔海南认为，中国95%的湖泊与洱海类似，受到了富营养化污染。也就是说，洱海治理模式、技术、经验，可以在一定程度上推广到中国其他湖泊的治理中。

洱海的治理模式以及"一湖（河）一策"的思路逐渐走出大理、走出云南，在中国多个河流、湖泊流域发挥借鉴价值。

贵阳市南明河治理项目是洱海项目治理原理的一项推广应用成果。在洱海治理保护过程中，共同的理想让孔海南与中国水环境集团董事长侯锋成为朋友。中信集团中信产业基金总裁田宇与侯锋都邀请孔海南去做南明河治理工程框架设计。

南明河是贵阳市人民的母亲河，全长219公里，属长江流域乌江水系，是长江上游重要的生态屏障。在贵阳市境内，南明河长度约185公里，流经贵阳市5个区县。20世纪90年代，随着城镇化的快速推进，沿河两岸有近百个生活污水排污口。南明河上游是Ⅲ类水，流进城后，每天有超过100多万吨城市污水，不经处理直排入河，南明河水就成了Ⅴ类水与黑臭劣Ⅴ类水。2004年到2012年，贵阳市生产总值猛增四倍以上，人口增长一倍，污水排放量大幅增长，超过南明河环境承载力。南明河在贵阳市区段有33处已然黑臭，臭气四溢，使得沿河居民不敢开窗，日夜窗户紧闭。市民行走时都远离河岸，生怕闻到臭味。

孔海南协助中国水环境集团提出的框架设计方案，一定程度上借鉴了洱海罗时江的治理方案：沿着南明河两岸，建200多公里截污沟，截住全部城市排放废水，截污沟上面建步行道。南明河道的底部由推土机全部推平，水平高低只相差5厘米左右，设计理念总结为6个字：浅层，好氧，生态。南明河中原来的固定水闸被全部推倒。原来河底的淤泥竟有1米至2米厚。由武警战士出动，清理了100多公里河底。河道不通航，只行洪，采用PPP模式，共集资180多亿元成立一个项目公司。在谋划建污水处理厂时，侯锋依据洱海项目经验，提出不在下游建大型污水处理厂，而是"化整为零"，改下游集中处理为沿线分段处理。中国水环境集团按照贵阳市城市污水分布、中水回用需求以及城市河道生态需水等，沿南明河河岸，或在缺水的支流河道中间，科学分散地建了27座下沉式再生水厂。这27座工厂，地下是安全清洁污水处理厂，地面上是城市公园。

以位于南明河中上游的青山再生水厂为例：污水处理规模为5万吨/日，每年可向南明河补充再生水1850万吨，服务面积为11平方公里，投资3.5亿元。地面上建起占地31.7亩的贵阳市水环境科普馆和生态绿色活水公园，成了附近居民科普、游玩、休息的好去处。这使得紧缺的城市土地，得到合理利用。

集纳的贵阳城市生活污水进入27座再生水厂，经科学规范处理后，作为再生水、中水首先供处理厂周边居民小区回用，多余部分排入河道，给河道补水。这一工程每天向南明河全流域提供150万吨生态补水，每年节省跨域调补水5亿吨，使水资源得到充分有效利用。

在30—100厘米之内的浅水，氧气能有效溶入水体。好氧状态与厌氧状态的水体，净化水质的能力相差100倍以上。浅层河道的好氧状态，有利于挺水植物、沉水植物生长。

短短几年时间，南明河全流域的河道里沉水植物覆盖率达80%，33处黑臭水体全部被消除，7条主要支流水质全部达到国家城市河道标准。中心城区段的水质稳定达到Ⅳ类，部分区域达Ⅲ类及以上。因水面之下的沉水植物生长茂盛，底栖动物、浮游动物都来了，鱼、虾、泥鳅、螺蛳、河蚌都有了，白鹭、中华秋沙鸭等鸟类前来觅食栖息，呈现出自然界各种生物相互依存又相互竞争的状态。生物多样性指数、水生植物覆盖度、生态系统完整性等显著提升，芳草萋萋、鱼翔浅底、众鸟纷飞自然景观再现，河流自净能力逐步恢复，"除臭""变清""景美"治理目标逐步实现。2020年，南明河保持

Ⅲ类水质达 5 个月以上。"碧水蓝天白鹭飞，微风拂绿游鱼肥"，正是如今南明河畔的真实写照，老百姓在河边散心、跑步、跳舞、遛狗。南明河成为一条生态河道、旅游河道、文化河道。原来不敢开窗的沿河居民，如今早上一起床就把窗打开，闻闻清新的空气，看鱼看虾看水草看白鹭，欣赏优美的景色。

绿色生态环境，成为市民普惠性的福利。

孔海南说，生活污水能转化为绿色能源，冬天污水中有热能，夏天污水中有冷能。南明河再生水厂将这些热能与冷能用于水厂的周边居民小区的冬季取暖与夏季降温。

上海嘉定区南翔镇，是一个以古园林出名的千年古镇。中国水环境集团在此也建有一个园林式的下沉式再生水厂，被誉为"中国最美污水处理厂"。公园北部是

◀ 治理后的南明河水体状况

一个人工湖。夏天，湖中荷花绽放，睡莲盛开，湖边芳草萋萋，昆虫鸣唱。湖里游着小鱼，湖边大鹅漫步。沿着公园外圈，铺着一条绛红色的塑胶跑道，附近的居民在此跑步健身。再生水厂的地面管理用房，设计成白墙、黑瓦、圆拱门的江南古民居外貌。附近是小桥假山，茂林修竹，亭台楼阁，瀑布飞溅，一副古园林模样，赏心悦目。公园西北部有一个足球场与儿童游乐区。人工湖边，建有一个幽蓝色玻璃的美丽科普馆和一个 35 千伏变电站。这个水生态绿地休闲公园的地下深处是一个再生水厂。日处理生活污水 5 万吨，使再生水达到地表Ⅳ类水品质，主要用于上海北部的蕰藻浜河道补水。

这些项目都是"洱海经验"的拓展与应用。

孔海南考察后发现，当今世界上有很多大型的污水处理厂，将污水处理后直接排入大海或者湖泊，没有再次利用。而当下，很多城市里的小河道，水是污浊的，如果能将污水处理后"变身"的再生水排进河道，这些小河将不再污浊，可以像南明河那样恢复到良好的水生态环境。

不只是在国内，"洱海经验"在世界的大型湖泊治理领域也具有借鉴意义。洱海治理经验正在走向世界。

世界的洱海

孔海南说，中国的洱海也是世界的洱海。这是中国智慧、中国技术、中国样板。洱海不仅是大理人民的母亲湖，也是云南、中国、世界的美丽湖泊。保护洱海，是保护大理人民的福祉，也是保护一份属于全人类的生态美景。欧美国家人口稀少，那里的湖泊情况和中国不同，但是对于世界上其他人口密度较大的国家，尤其是一带一路沿线国家与东南亚发展中国家，中国洱海的治理经验是值得参考的。

2020 年 9 月 30 日，国家主席习近平在联合国生物多样性峰会上向全世界发出邀请："中国将于明年在昆明举办《生物多样性公约》第十五次缔约方大会，我欢迎大家明年聚首昆明，共商全球生物多样性保护大计。让我们从这次峰会携手出发，同心协力，共建万物和谐的美丽世界！"

作为《生物多样性公约》第十五次缔约方大会（COP15）的"暖场"活动，"洱海论坛"选择在大理举办。

云南是全球 34 个物种最为丰富的生物多样性热点地区之一，而大理在云南生物多样性保护格局中具有关键的作用和特殊的价值，是生物多样性保护实践最有成效的地区之一，是著名的天然基因库和生物资源宝库。其中，洱海流域的每一幅画面，都呈现出物种多样性、

美丽家园

生态系统多样性、景观多样性、文化多样性。百溪奔腾入湖,洱海日夜流淌。73种浮游生物、39种鱼类畅游水间,80种水禽及鸟类栖息洱海之滨,数量为云南湖泊之冠。151种水生植物在波光水影中蓬勃生长。

当前,全球物种灭绝速度不断加快,生物多样性丧失和生态系统退化对人类生存和发展构成重大风险。生物多样性关系人类福祉,是人类赖以生存和发展的重要基础。

对于洱海来说,保护好水生态环境是维持其生态多样性的基础工作。

早在2000年,孔海南曾经邀请世界湖泊环境委员会数十位外国湖泊专家到洱海开了3天研讨会,为洱海"会诊":洱海平常的水质并不差,为何会突然发生藻华?这个问题在当时世界范围内比较少见。

经过对洱海二十几年的治理与研究,对这个问题,孔海南团队不仅有了答案,还有了对策。可以说,"洱海论坛"正是面向国际对这场"大考"交出的阶段性答卷,也是对全世界都关注的水生态环境问题做出的积极回应。

2021年10月9日下午1点半,大理州在大理国际酒店召开媒体吹风会。会场门口的墙上贴着一张海报:清清的蓝色湖水里,盛开着三朵洁白的海菜花,鹅黄色的花蕊耸立着,似乎能闻到淡淡的花香,看到绿色的叶

茎在碧波中荡漾。

　　会上，孔海南发言的时候，他的一头白发吸引了记者们的目光。他从自己 1987 年留学日本，1988 年做洱海与洞爷湖比较研究说起，心中的洱海情结至今已有 33 年。

　　在发言中，孔海南充满感情地说起海菜花，他自称是海菜花的粉丝。海菜花在洱海重现的故事，正是洱海治理成果的见证，更是"绿水青山就是金山银山"的佐证。

　　洱海论坛会场的休息间隙，会场播放起彝族歌手阿鲁阿卓演唱的《天地歌》MV：

▶ 孔海南在"洱海论坛"上
　发言

山照水影，树映天蓝，

花开四季好风景，

云分七彩是云南。

一花一世界，一叶一乾坤，

悠悠天地同一脉，

绵绵四海共人寰。

以山为友，以水为伴，

天地万物皆为邻，

风花雪月尽自然。

一鱼一欢跃，一鸟一知音，

青春作伴江山美，

儿女情满天地间。

白族是一个爱唱歌的民族，苍山洱海边是对歌的好地方。《天地歌》的歌词有着中国古典诗词的意境美，旋律隽永、飘逸，有彩云之南各民族与大自然和谐共存的智慧：人类只是天地万物中的一个物种，不应以"万物之灵"的姿态俯视众生、主宰众生，而应将花草鱼鸟树当成伙伴与邻居。

2022 年 8 月，第二届"洱海论坛"继续在大理举办。今后，"洱海论坛"将作为一个重要的国际交流平台，每年举办。

连续两年，洱海治理都成为会议中被热议的话题。"洱海模式"被反复提及。

海菜花的故事，将被传播得更远。

2022 年 9 月 13 日，在丹麦哥本哈根举办的国际水协（IWA）世界水大会暨展览会上，由中国水环境集团、上海交通大学、大理州政府联合申报的"洱海流域污染控制创新与地域发展项目"获得"卓越的项目执行与交付"类别的银奖。

IWA 项目创新奖每两年评奖一次，在国际水协世界水大会上颁奖。国际水协以此鼓励表彰科研人员、企业、政府在水科技、管理、研究、技术方面做出的卓越贡献。

国际水协专家评审团从创新性、主要成效、项目的

▶ IWA 项目创新奖颁奖
现场

设计环境，带来更广泛影响的潜力方面评估项目，对洱
海项目研发的分布式下沉污水处理厂（再生水生态系统
工程技术）在洱海流域中的成功实践以及今后产生影响
的潜力，给予高度认可。

国际水协主席汤姆·莫伦科夫（Tom Mollenkopf）
对大理洱海项目荣获创新银奖表示热烈祝贺。他认为，
大理洱海的综合治理，通过项目执行，把洱海水生态环
境的改善与流域社会经济的发展模式有机融合在一起，
充分体现了水的基础性作用，对于世界水环境领域的发
展有重要借鉴意义。

洱海治理经验不仅在空间上被广泛传播，在时间上
亦需代代相传。

河湖大家庭之薪火相传

"虽然我已经七十多岁了，但我会继续干下去，我的团队、我的学生也会继续干下去。"孔海南动情地说道。

孔海南带领的团队被大家亲切地称为"河湖大家庭"。2020 年 5 月 13 日，上海交大环境学院为孔海南退休举办"河湖二十载　击水三千里——孔海南教授从教二十载师生恳谈会"。与孔海南共事过的吴德意、何圣兵、申哲民等教师代表与孔老师的学生齐聚一堂，还有 20 余名在全国各地的学生在线上参会。何圣兵老师主持会议。

上海交大环境科学与工程学院党委书记胡薇薇说："最可贵的是，受孔老师影响，他的学生有着'为国家贡献我的一生'价值观，散在祖国四面八方，治理水生态环境，像夜空里的星星，一闪一闪，发出自己的光芒。这些学生向孔老师学习，将自己的人生规划与祖国的明天、民族的发展、社会的需求联系在一起，在国家最需要的地方建功立业。"

2021 年教师节来临前夕，孔海南作为首批全国高校黄大年式教师团队的代表之一，给习近平总书记写信，汇报教学、科研等工作情况，表达了坚守教育报国理想、为民族复兴贡献力量的决心。

2021 年 9 月 8 日，在第 37 个教师节来临之际，习近平总书记给全国高校黄大年式教师团队代表回信，致以节日的祝贺和诚挚的祝福。信中说:"好老师要做到学为人师、行为世范。希望你们继续学习弘扬黄大年同志等优秀教师的高尚精神,同全国高校广大教师一道,立德修身,潜心治学,开拓创新,真正把为学、为事、为人统一起来,当好学生成长的引路人,为培养德智体美劳全面发展的社会主义建设者和接班人,全面建设社会主义现代化国家不断作出新贡献。"

孔海南是身兼数职的科学家,但教师依然是他十分看重的身份。孔海南接到很多请他去做报告的邀请信。他去温州大学、大理大学、滇西应用技术大学等高校做了报告。他的报告融价值观、知识于真实人生故事中,生动感人,会场里常常响起掌声。

在教师节这天,孔海南曾经的博士生、广西大学环境学院教授胡湛波发来微信:"孔老师教师节快乐!一日为师终身为父!我能够达到今天的阶段,全是得益于在交大您的无私指导,给我很多锻炼机会。今天下午环保厅厅长考察我们的展位,过后我想到,没有孔老师的精神鼓舞和身体力行坚持引路,就没有我今天的场景……教师节之际,祝恩师健康长寿,阖家欢乐!"

看着这感情深深的信,孔海南想起胡湛波读博士时的往事。在筹备举办世博会期间,上海市政府苏州河治理指挥部要清除苏州河河底的淤泥。这是因为,在河底

◀ 孔海南在做报告

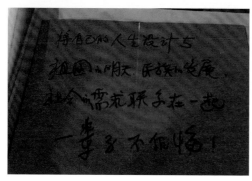

◀ 孔海南给学生的寄语

的淤泥中含有大量二噁英。这段河岸边曾密布着化工厂、造纸厂等严重污染环境的工厂，这是近百年污染累积造成的后果。日本有一种先进的"绝氧燃烧"技术，可以将含二噁英的淤泥烧成微孔陶瓷，二噁英就凝固在陶瓷里，不会跑出来了。烧的时候，温度要达到1 500度，不能降温，一旦降温，二噁英会从淤泥中跑出来，泄漏在空气里。二噁英是致癌物，也会损伤男性精子，导致男性不育。尽管有先进成熟技术,仍然需要先做现场实际工程实验。孔海南四处联系,日本一个环境研究所愿意承接这个实验。派谁去呢?只能是有牺牲精神的人才愿意去冒这种风险。这个时候,胡湛波表示愿意去。他买了一个睡袋,24 小时守候在炉子边上,累了就睡在睡袋里,整整 7 天 7 夜,用实验统计数据写成一个报告,证明技术是安全可行的。等到苏州河底的含二噁英的污染淤泥全部清除完毕,孔海南对胡湛波大加赞扬。科学实验,就是需要这种不惧风险的精神。他后来结婚生子,健康地生活、工作。可见,只要做好防护,二噁英也不可怕。现在,胡湛波教授是中国水生态环境领域知名中青年专家之一。

除了胡湛波,"河湖大家庭"中还有许多活跃在全国各地的成员,都让孔海南爱之弥深。

尚晓曾经是孔海南的博士生。他跟着孔海南一直在洱海现场做研究,到日本霞浦湖现场去做对照调查、对比研究一年多,完成了高水平的博士论文。尚晓的研究方向是环境管理。他的论文《基于洱海流域农业面源污染控制的经济发展模式优化研究》认为,洱海流域农业污染在本质上属于"结构性污染",是不合理的经济发展结构模式和农业生产布局所致,如不进行流域经济发展模式的优化,洱海富营养化问题的解决很难有出路,即使取得一些进展，也很难巩固和维持。论文研究了洱海流域七种主要的农产品：水稻、玉米、大麦、油菜、烤烟、蚕豆、大蒜；三种养殖家畜：奶牛、肉牛、生猪。论文提出将洱海流域农业布局优化，多种植经济价值高又少污染的农产品，让农业规模不减小而污染减少、农民增收；有较高污染风险的农业活动，适当往洱海较远村镇转移，优化洱海流域农业生产布局。作为指导老师的孔海南说，这篇论文提出了农村自然环境需要科学精确地予以管理，农业种植、养殖环境也需要科学地精细地管理好，农村的生态环境才能变好，农民才能增收，这就将农民增收与农村环境管理融为一体了，这是个亮点。

尚晓现在是上海航道勘察设计院河道研究所所长。"十四五"规划期间，洱海北部弥苴河的治理就是由上海航道勘察设计院竞标所得。他将在跟着孔老师学习过的地方大显身手。

曾经跟随孔海南攻读博士学位的叶春现在是中国环境科学研究院湖泊研究所党委书记兼总工程师。他的博士论文《退化湖滨带水生植物恢复技术及工程示范研究》，认真研究了苏州东太湖和无锡梅梁湾、贡湖湾的湖岸侵蚀区、湖滨带、浅水区，研究了湖岸涵养林、湖滨湿生植物、挺水植物、浮叶植物、沉水植物，进而提出，从栽种陆生植物的人工河床开始，将控制污染源与生态修复相结合，一步一步自然恢复湖滨带的湿生植物、挺水植物、浮叶植物、沉水植物群落。

叶春博士毕业后，在水专项太湖项目负责课题级项目，连续研究太湖15年。他每做一个工程，都要请孔老师作为专家，讨论课题的进展方向。

2021年12月，生态环境部印发了《河湖生态缓冲带保护修复技术指南》。该指南基本上以叶春的这篇博士论文为蓝本，同时吸收了其他学者的意见，是我国第一份国家层面的规范河湖生态缓冲带保护修复技术规范性文件，有着"管用、好用、解决问题"的实用性。

曾经跟着孔海南到洱海边普及土壤净化槽应用的郑向勇，如今已是温州大学生命与环境科学学院副院长。他不仅将土壤净化槽技术带进国家水专项，在专利技术基础上继续改进与发展，还把这一技术带到温州开发区的草坪，带到海南岛飞船发射中心的草坪，形成自己的多项专利技术组成的专利技术群。目前，他已成为土壤净化槽技术的国家级领军人物，获得了浙江省科学技术进步一等奖。2022年1月，郑向勇所在的温州大学生态环境学科教师团队入选浙江省高校黄大年式教师团队。

在郑向勇的邀请下，孔海南多次去温州大学指导交流。温州市内有一块湿地叫三垟湿地，与杭州西溪湿地很像，有10.6平方公里，往南有一座山，叫大罗山。温州一下雨，水就朝三垟湿地流，雨水流经市区马路后，很脏。这块湿地，水面占 40%，陆地占 60%。湿地里有几百个岛屿，种着温州人喜欢吃的瓯柑。温州市政府请温州大学生命与环境科学学院来治理三垟湿地，做成生态示范园区。郑向勇请老师孔海南来设计工程总体方案。2021 年 11 月，孔海南在郑向勇陪同下，在三垟湿地畔一天走了 30 多公里、4 万多步，做现场考察，孔海南以杭州西湖及西溪湿地工程为蓝本，设计了 4 种水质提升工程方案。为做详尽调查，他一天走了 35 公里路，考察大罗山秀垟水库，研究如何将水库优质水调到三垟湿地，理清了内循环处理水的思路。

从 2002 年孔海南带着郑向勇到洱海畔做"土壤净化槽"，到 2018 年评上黄大年式教师团队的十余年来，孔海南团队把课堂从教室搬到了洱海等河湖畔，用书本知识与理论指导解决实际问题，再用科研成果来反哺教学，教与研相辅相成。

孔海南团队有着很强的凝聚力和战斗力。孔海南是领军人。完成验收的一个个项目是对成员与学生最好的肯定，一个个重大项目的委托是对成员与学生最好的褒奖。在他的言传身教下，这支队伍继承了他严谨治学的态度和脚踏实地、勇于奉献的精神。

在他的支持下，团队几乎每位博士生和青年教师都获得赴海外一流科研机构开展研究工作的机遇。此外，他还给年轻人创造独立开展科研工作的机会，给任务、压担子，让他们参与国家重大项目，在项目研究工作中锻炼成长。

孔海南团队的精神对年轻学生也具有很强的感染力。

环境学院学生刘智卓 2015 年考进上海交大。孔海南给大学一年级新生讲课时，刘智卓听得格外认真，他看到孔老师讲到动情处，流下眼泪，很多年轻学生也都流泪了。"自然保护与生态保护"板块学习结束后，刘智卓申请转入环境学院学习，最终他如愿以偿。

2019 年 8 月，刘智卓志愿去洱源县支教一年。他在洱海看到了蔚蓝色的湖水。他发现，因为孔老师水专项治理团队的科普行动，保护洱海在当地已深入人心，家家的农田尾水、生活污水都要处理净化后才能排入洱海，保护洱海被写入大理义务教育地方教材。听到更多孔老师的故事后，他更加敬佩孔老师做任何一件事的认真、细致态度，把孔老师当作他的人生偶像。

刘智卓曾在洱源县职业高级中学高中部担任班主任，教数学、物理、普通话。他教的班是学习成绩较差的班，不少学生家长要求孩子退学去种地。刘智卓就去家访，想尽办法与家长交流，说服家长，挽留住失学的学生。

刘智卓在大一时就是甘肃民勤县的沙漠治理志愿

◀ 孔海南与刘智卓

者，坚持了 7 年，当下这个团队已发展到有 1 200 多名
大学生志愿者。志愿者帮助农民销售当地产的蜜瓜，教
农民在沙漠里种梭梭树的同时，教农民种肉苁蓉。这是
中药材，干果卖一百多元一斤，能助农民脱贫。他还请
上海交大药学院李晓波教授去甘肃省民勤县做肉苁蓉技
术指导。刘智卓以他的支教、支农实践评选上"全国最
美大学生"。刘智卓说，最让他感动的是孔老师的这句话：

"将自己的人生设计与祖国的明天、民族的发展、社会的需求联系在一起,一辈子不后悔!"这句话,已成为他的人生座右铭。

蔡宏道、须藤隆一两位先生带出孔海南,孔海南又培养出他的学生,用他的精神感召了更多的年轻人。孔海南的学生们,在孔老师退休后,继续在祖国各地推进"治水"事业,各自带出自己的学生。这就是薪火相传。

洱海保护仍在"滚石上山"

2020年,生态环境部公布的洱海水质评价结果为"优";2021年1—8月,洱海国控断面水质综合评价为"优";"十三五"期间,洱海全湖水质实现32个月Ⅱ类,未发生规模化蓝藻水华,圆满完成"十三五"规划的水质目标。

2022年6月,洱海流域入选全国第二批"山水林田湖草沙"一体化保护和修复项目,三年将获得中央财政20亿元支持。

王欣泽说:"2022年1至6月,洱海水体透明度达到近十年最高水平,其中,3月份的水体透明度超过3.5米,与2016年同期数据2.5米相比,洱海水更为清澈。"

洱海保护从抢救性治理阶段,转入保护性治理和生态修复阶段。除了"治水",维护生态多样性也需要久久为功。为此,当地相关部门推进物种保护工作,从整体上关注洱海的流域性生态平衡问题。

2021 年在昆明召开的联合国 COP15 生物多样性会议，指定洱源茈碧花为 16 种需要抢救的濒危物种之一。茈碧花比海菜花更稀有、更娇贵，只能存活在人类可直接饮用的Ⅰ类水质中。这种珍稀的多年生草本水生花卉，为第三纪孑遗物种，属睡莲科，叶子呈心脏形，颜色碧绿，有一只碗大小，茎似筷子般粗细，茎长 2—3 米，藏在水里，根长在水底淤泥中，花期为每年的 5 月—10 月，7 月—9 月最盛，高海拔地区花期稍微延迟。茈碧花花苞在上午 8 时左右慢慢浮出水面，11 时左右盛开，正午，红色或黄白色的花朵完全开放，下午 2 时—4 时花开最盛，下午 5 时左右，花蕾闭合，慢慢沉入水中。

自远古以来，茈碧花一直盛开在茈碧湖中。茈碧湖在洱源县城东北罢谷山下，是洱海的源头之一。湖边

◀ 茈碧花

清代《云南通志》记载："莸碧花产浪穹县〔今洱源县〕宁湖〔今莸碧湖〕中，似白莲而小，叶如荷钱，根生水底，茎长六七丈，气清芬，采而烹之，味美于莼菜。八月花开满湖，湖名莸碧以此。"

上有一座观音山，山上有一座观音菩萨的雕塑，观音菩萨像端坐在莸碧花瓣上面。当地有这样的俗语："山上菩萨，山下莲花。"

可是，十多年前，因缺乏环保知识和环保意识，当地在莸碧湖人工投放鱼苗，养殖小龙虾。鱼苗、龙虾啃食莸碧花根部和茎叶，致使莸碧花在莸碧湖里几乎灭绝了。

洱源县将一千多株莸碧花养在一个三亩大小的水塘里，精心养护。没有想到，附近有一个污水处理厂排出的水在雨后流进水塘，养在塘里的一千多株莸碧花全死了。作为洱源县的"县花"的莸碧花，难道要面临灭绝的境地？

后来，洱源县苍山保护管理分局经过多时探寻，在苍山海拔2 950米的高山上一片约50亩的小湖泊湿地里，找到了原生在湿地里的五百余株莸碧花，从此就像国宝一样保护起来，保住了一个莸碧花的原始种群。

在多方的不懈努力下，大理州全

▲ 2023 年 1 月，洱源入洱海河道状态

州生态环境质量持续改善，空气质量常年优良率超过99%，饮用水源地水质达标率达到100%，森林覆盖率达 65.5%，天蓝、水清、地绿的大理更加令人心驰神往。"大理"，已不仅仅是一个地名，更是人们向往的一种"诗意居住"生活方式。美如画卷的 129 公里洱海生态廊道，串起了大理的山水乡愁，是令人流连忘返的旅游打卡地。

虽然洱海的水质有了质的变化，但"治水人"们清醒地认识到，洱海保护远不到可以松懈的时候。

大理风光

自"抢救模式"以来，洱海保护治理取得的成绩仍是初步的、阶段性的，洱海水质的波动十分明显，洱海水质和水生态仍处于复杂的变化期。

王欣泽对洱海水质的钟摆状态有直接的体验。2020年8月17日至23日，洱海下了160多毫米的大雨，暴雨后的湖水变得很浑浊。10月份，经过太阳暴晒一周，洱海蓝藻又长出很多。2021年3月，大理发生地震的前一天晚上，州政府提醒居民避险，不要睡在房间内。王欣泽在室外搭个帐篷睡了一晚上。早上起来去洱海边察看，发现一夜之间，洱海的湖底淤泥都浮起来了。

对此，沈剑也有感受。湾桥镇古生村一片干净清澈的水域也暴发过一次蓝藻。藻华真是无法预测啊！大理研究院在这片水域做降藻灭藻的干预工程，很快控制住了藻华蔓延，水又恢复清澈。

洱海的各个湖湾里，这种偶发性藻华，此起彼伏，按下葫芦浮起瓢。

洱海还没有达到生态良性循环的拐点。这一点，孔海南团队与大理州政府认识一致。洱海保护治理就像"滚石上山"，至今仍处于爬坡阶段。

坚持不懈，滴水穿石，久久为功，这就是洱海治理的道路，舍此无他。沿着这条路，孔海南已经走了很多年。如今已满头白发的他，仍在带领师生坚定地往前走。

《海鸥》（施作模 摄）

尾声·洱海的瞭望员

转眼间，孔海南到了退休的年纪，但洱海依旧是他生命中难
以割舍的情结。在这片湖泊，他坚守着对水的使命，也种下
希望的种子……

2021年5月的一天，上海交大闵行校区的师生们发现，南苏园的水池旁边有四口装满水的大缸，里面飘着一种特别的植物：碧绿的茎叶、洁白的花瓣、鹅黄的花蕊——是海菜花！

2002年，孔海南带着学生刚到洱海时，海菜花已消失了一段时间。直到2013年罗时江流域治理完成，人工种植的海菜花才重新出现在洱海沙坪湾。2021年起，洱海许多个湖湾里都有着自然生长的海菜花。

可以说，海菜花就是上海交大人在洱海奋斗成绩的见证者。孔海南希望把它带到校园中，让更多师生了解与它有关的故事，延续洱海与交大的情缘。

在大理，孔海南先将两箱海菜花苗打包好，通过飞机运到上海，同时准备好四口大缸，还有从洱海快递过来的底泥。何圣兵老师做了一个深度处理装置，将黄浦江水处理成Ⅲ类水，放入南苏园的水塘里。孔海南做了一个人工小太阳灯，缸内装有可调节缸内温度的电力加温棒，模拟洱海的光照和温度。海菜花果然活了。上海交大党委书记杨振斌来观赏后说："在缸里能活，在池子里能不能活？"

▶ 海菜花被移栽到南苏园的水池中

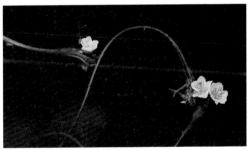

▶ 海菜花盛开

▶ 南苏园中的海菜花
（周思未 摄）

孔海南说

孔老师又去洱海采集了 43 株海菜花，移植到南苏园水塘里，在四周围出一个外形与洱海相近的"微型洱海"。池塘里的海菜花叶子又大又漂亮，碧绿透明，比在洱海里长得还要肥壮茂盛！

同样被移栽到上海交大闵行校区校园里的，还有珍贵的苁碧花，以及云南特有的滇樱花。

2019 年 10 月，孔海南捐出个人积蓄 200 万元，推动成立"上海交大洱海保护人才教育基金"，对学校里关注大理发展、情系洱海治理、洱源县扶贫、乡村振兴的青年教师与研究生的学术研究成果予以奖励。与孔老师一直在洱海保护方面有着长期密切合作关系的中国水环境集团也出资 200 万元。

2021 年 4 月 7 日—15 日庆祝上海交大建校 125 周年的日子里，一头白发的孔海南，在闵行校区南苏园"微型洱海"旁，给上海交大的青年教师、学生上了一堂沉

◀ 孔海南捐赠成立"上海交大洱海保护人才教育发展基金"的证书

浸式党课，讲述自己与团队持续治理、保护洱海十几年，与大理白族人民一起行动，让洱海水变清的故事。

大理，又是一年春天到来，漫山遍野的樱花开了。孔海南又一次乘飞机来到大理，他应邀去参加"2022年洱海源头保护"全民参与行动。孔海南穿着红背心，戴着橙色的帽子，与洱源县玉湖二中的孩子们一起高唱《我们守护你》歌曲。

活动结束后，孔海南去了罗时江，去看罗时江综合改造性能提升工程。罗时江治理已有十多年时间了，那

▶ 2021年4月，孔海南在校园中为师生上了一堂"沉浸式党课"

时技术落后，经过十多年时间运营，是应该提升一步啦。这些年来，孔海南每年都要来看一看罗时江工程。

度过忙忙碌碌的一个白天，晚上孔海南回到宾馆房间休息。老朋友尚榆民提着一袋普洱好茶来访。两位志同道合的老朋友，心情很好，兴致很高，泡好一壶香茶，坐下聊天，话题自然是洱海。

孔海南多年守在洱海边工作。洱海水质的点滴变化时刻牵动着他的心。

"守护水是我的使命。还洱海一个清水碧湾，是我的梦想。"孔海南说。

如今，以王欣泽为代表的第二代治水团队已经成熟。孔海南退居二线，在继续守护洱海的同时，也要好好想想自己的退休生活怎么度过。

尚榆民走后，孔海南躺在床上，翻来覆去睡不着。到高原的第一个夜晚，高原反应总让他难以入眠。他打开床灯，打开手机，找到他收藏的一个视频。那是由大理白剧团杨钦琳、陈学亮编导的白族女子三人舞蹈《海菜花》。

看吧，早晨的太阳照射在洱海，沉水植物海菜花发出了咕噜咕噜的呼吸声，水面冒着气泡，同根同苞的三棵海菜花从睡梦中醒来，白色的花瓣、黄色的花蕊、绿色的叶茎叶片，化为三件绿白黄三色相间的衣饰，鹅黄

洱海上盛开的海菜花（赵渝 供图）

色的花蕊浮在水面，迎接太阳光的抚爱，身姿在清澈的水波中伸展，随着水浪起伏、摇摆、后仰、弯腰、抬腿、挥臂、旋转、跳跃，展现出曼妙摇曳的舞姿。柔美的女声哼唱着"海菜花，海之音，海菜花，海之灵"……

看着清新淡雅的海菜花在洱海母亲的怀抱中自由摇曳舞动，孔海南陶醉在这幅描绘人类与自然和谐相处的美妙画面中。

他畅想，他的退休生活应该是这样的：一年之中，春季和秋季住上海，夏季和冬季住大理。

大理的房子，他女儿出资为爸爸买好了，就在洱海边上第一排高楼的第29层。在这套房子的阳台上，南面可以看到西洱河，北面可以看到喜洲镇，能看到大半个洱海。孔海南在朝向洱海的阳台上装了一架一米长的高倍天文望远镜。他用一双医学生兼工科生的巧手，把它改装成监视望远镜，把天文望远镜的单色灰色调，用滤色镜调整到最接近大自然的多彩原色调，还把手机连在望远镜上，从望远镜中看到的颜色，与肉眼看到的一样。

孔海南将在放大1000倍的望远镜里瞭望，欣赏海菜花随波荡漾的美妙舞姿。如果湖里有蓝藻暴发的苗头，他会急电他的学生们，快快前来降藻灭藻！

他要一直做一个洱海瞭望员……

▶ 孔海南与他在洱海边 29 层
公寓阳台上架设的望远镜

《美好家园》（张炜 摄）

后
记

2021 年 8 月，我受上海交通大学出版社的委托，撰写一部反映孔海南团队十多年坚守在大理洱海现场保护环境的报告文学。对我来说，这是一个艰难的挑战。

　　我国多个湖泊以前的污染状况，如滇池、太湖、洱海污染的种种情状，我都亲眼见过。多年前，我在云南自驾游时，爬上西山，去看滇池，满目尽是蓝藻；在大理，我住湖边民宿，在未曾治理好的洱海边散步时，闻得到湖湾里传来的藻腥臭味。这也成了我踊跃地要写孔海南团队的动力。

　　动笔写作本书之前，是漫长的采访。从 2021 年的夏天起，每周一至二次，每次三到四小时，在上海交大出版社的活动室，团队"首席科学家"孔海南教授像给学生上课一样，用电脑，将他自己制作的 PPT，在投影机上播放，一边放照片，一边讲述他的"水生态治理"人生。对我来说，这既是采访，也是学习。

要想写好这个水生态环境学者，必须"钻"进他的专业里，在很短的时间里成为内行，再用我的语言，写出他的故事。这是报告文学作家必须经历的阶段，行话称之为"跳进去，跳出来"，采访必须深入。这样的学习式采访，持续了四个多月。

其间，我还跟着孔教授去大理，全程参加"2021推进全球生态文明建设（洱海）论坛"，去洱海看自然生长的海菜花，去右所镇松曲村看农民采摘人工种植的海菜花，看罗时江1 500亩倒锥子型人工湿地，看大树营8 000亩人工湿地，看洱海的源头茈碧湖，看牛粪工厂，看下沉式污水处理厂。在观察的间隙时间，采访卖海菜花的电商女主播茂茂和沐鱼，采访协助孔教授做洱海生态治理工程的老朋友尚榆民、刘滨、钟岚，采访孔教授团队里的王欣泽、何圣兵、封吉猛、沈剑老师……

像我这样的笨人，只能靠双脚多跑，双眼多看，用嘴勤问用手勤记，才能采访到足够多的素材，写作时方能游刃有余。一次次的深入采访让我对洱海治理的艰巨过程有了更多了解。令人遗憾的是，受到新冠疫情等影响，未能采访到部分相关人员。

四个月的采访，我记录了厚厚两本采访本。每一次采访，我都用手机录音保存。这是因为我的年龄渐入老境，记忆力大不如前，笔记速度也大不如前，只能是勤能补拙啦。孔教授说，来采访他的记者、作家中，我是最认真的人。采访结束后，我先阅读整理采访笔记，再听采访录音，将遗漏之处补进笔记里。接着，我向孔教授要了很多他的教案及讲座 PPT，用于学习。我还到大理州图书馆找寻苍山洱海变化的历史、地理、人文图书及白族风情图书。

上海交大环境学院党委书记胡薇薇，接受我的采访之余，还为我提供了全国各大媒体报道孔海南教师团队的很多新闻报道。这又让我发现一些需要补充采访孔教授的故事线索。

初稿写完后，修改了几次，仍未达到出版社"准确性、科学性、生动性、大众性"的要求。编辑老师说，这本书的灵魂有了，骨架有了，好比一个人长得比较瘦，不够丰满。为此，我又随孔教授去了洱海，补充采访多个"治水人"的故事，反复修改。

洱海治理是一个"久久为功"的漫长过程，要靠全社会的合力。孔海南将洱海治理经验总结为"政府主导、依法治湖、科技支撑、企业创新、全民参与"。

本书主要讲述以孔海南为代表的科学家团队如何实现"科技支撑"。受限于采访素材等，有些方面无法做更多叙述，但也涉及到了。孔海南自 2013 年心脏动过大手术之后，仍担负着项目首席科学家的重任，他的故

▶ 朱大建（左）与孔海南在
　洱海边

事令我感动。在治理洱海的漫漫岁月中，孔海南扮演着
"贡献者、参与者、见证者"的角色。本书前三章主要
描画作为"贡献者"的孔教授，后三章中，孔教授以
"参与者""见证者"的角色贯穿前后。在他萌生"洱海
情结"30余年之后，经各级政府、科学家群体、企业、
当地民众等多方面共同努力，洱海重回清澈。而且，包
括洱海在内的整个中国的江河湖库水生态都有了非常大
的改善。城市黑臭水体基本消除，生态环境保护发生历
史性、转折性、全局性变化。天更蓝、山更绿、水更清，
这让人感到莫大的欣慰。

　　感谢以孔教授为首的上海交大洱海治理团队百忙中

接受我的采访，尤其是孔教授接受了我近 20 次采访。

感谢大理州委书记杨国宗、宣传部副部长席玲等相关领导对本书的支持！各位领导、专家不仅帮助审定书稿，还协调相关方面授权本书使用了《洱海相册》与"大理发布"账号发布的部分视频和图片，让读者能够更感性直观地领略洱海之大美。感谢大理州摄影家协会副主席赵渝等摄影师授权本书使用多张摄影作品。

感谢上海交通大学相关领导对本书的指导和帮助。校党委书记杨振斌为本书作序。原校长张杰、原副校长吴旦不仅接受采访，还帮助审读书稿。校宣传部部长胡昊等领导也多次审读书稿。

感谢上海交大出版社前任社长李芳、现任社长陈华栋，编辑钱方针、吴雪梅、黄婷蕙。他们为本书多次讨论、修改、完善付出了很多精力。一次次的思想激荡，一遍遍的修改，让我感受到上海交大出版人专业、严谨、细致的工作作风。

这本书凝聚着很多人的心血，在此一并感谢。书中尚有疏漏不足之处，请专家和读者指正。

朱大建

2023 年 4 月 20 日